電腦人間
馬立
DIVersity
多樣性，創造你的可能性！

第一章

本島人夢得到臺灣獨立嗎？

4 電腦人間

馬場忠已經醒了。他躺在床鋪上睜著眼睛，聽著涼子在廚房發出輕微的聲響，想著自己不愛涼子。

這意思不是說他對涼子毫無感情，只是，他不覺得自己真正認識涼子，瞭解她真正的樣子、真正的想法。從相親到成婚至今，馬場有印象以來，石田涼子——現在應該叫馬場涼子了——好像一直都戴著面具。那副面具讓涼子顯得賢淑、乖巧、安靜、認分。

但馬場無法愛上一副面具。

涼子已經快要做好了朝飯，馬場遠遠聞到味噌的味道，從溫暖的被褥中爬出。昭和十三年才剛開始，濕冷的新曆元旦假期已經結束，馬場又得回到他不甚滿意，但抱怨出來卻顯得無病呻吟、不夠知足的工作中。他坐在床鋪上發了好一會兒愣，覺得自己好像還在夢中。

盥洗完畢，馬場剛好聽到涼子對自己喊了一聲：

「馬忠，早飯好囉！」涼子用的是本島語。

「**喂！**」馬場放下毛巾，戴起金邊的圓形眼鏡時，用他剛起床的沙啞嗓音回道：「**別再叫我馬忠了，被內地人聽到可是會有不少麻煩的！**」相較於涼子，馬場用的是日本語回應。

「**是、是。**」涼子輕笑了幾聲，也改以日本語回應。

涼子常常這樣帶著微笑回應馬場，但馬場也常常覺得那個笑容並非出自真心。他輕咳了一聲，重新正式對涼子道了聲早，在餐桌前坐下。桌上是用前一晚剩下的米飯煮成淡粥，配上各式漬物——梅干、醬瓜、榨菜、大根——以及一小盤鹹魚、一小鍋煮出汁加入味噌調出的味噌汁；這個季節，不喝點熱湯再出門，可是會忍受不住那濕冷的天氣的。

兩人安靜地吃著早飯。馬場不時抬頭看向涼子，想察覺任何一點蛛絲馬跡。「在郡役所工作」聽起來很不錯，但「郡役所給仕」聽起來就不是這麼體面了；馬場在郡役所的工作，得比一般人的正常上班時間更早到。他要負責打開各係室門窗、準備公務員們的茶水，接著擦拭窗戶、桌椅、門牌，掃除落葉灰塵，並且在上班時間幫助及引導前來役所洽公的人們；到了下班時間，還得清掃、收集垃圾，最後鎖上各係室門窗才能離開。偶爾，像是去年底，役所汰換舊的辦公用具時，他也得幫忙把老舊的木頭桌椅搬到停在役所前的貨車上，再跟著工人一起將還保有清香的新桌椅扛進役所內；聽從內地公務員指令調整桌椅位置，再趕緊沏茶給辛苦的工人們喝。

據說，在某些比較緊急的時刻，給仕也需要幫忙警察課的大人們工作，不過馬場還沒有遇到過。

要說辛苦的話，與此相應的給料倒是挺足夠維持家計的。這段時間累積下來的儲蓄，也能夠讓他買得起八堵驛附近的小房子，前兩年才結為連理的涼子也無須再頻繁地到內地人家中幫傭；雖然同樣是身體勞動，比起大多數本島人，日子應該是相當輕鬆了。但除了稍微放手，在除夕多花點菜錢讓兩人可以吃一頓好的之外，涼子從不要求什麼。一開始，馬場覺得這是因為涼子是個勤儉持家的好女人，但相處了半年後，他發現不管怎麼問、問什麼，涼子都不需要；到了現在，他反而覺得是不是涼子看不起自己，覺得在役所當給仕不夠體面，而且還是在內地人底下做事。

涼子將湯碗放下時，剛好與馬場對到眼。

「怎麼了？表情這麼難看，早飯不好吃嗎？」她歪著頭，又換回了本島語，露出疑惑的表情看著馬場。

涼子長得既不像本島人，也不像內地人。她的眼睛太大、鼻梁太高，肌膚看起來沒有曬過一點太陽；她的腰身太細、骨架卻太大，烏黑的長髮柔順得過分，好像她每天都有時間跑去美髮院一般。這樣一想，馬場又不禁在心中嘲笑自己，畢竟自己長得也並非英俊挺拔。他方正的臉型長在高大英挺的身體上想必十分匹配，然而成年之後停止成長的身高卻終究配不上臉型；身體說起來還算結實，卻始終被郡役所的內地公務員說兩眼無神。今年，馬場就要邁入三十代後半的人生了，兩人結婚至今卻依然沒有小孩，也是令馬場懷疑自己的原因。

「**旦那？**」見馬場沒有反應，涼子只好用日本語再問了一次。

「啊——」馬場回過神來，收斂起因思考而扭曲的面孔，「沒事沒事。在想工作的事而已。」說罷，索性端起湯碗，藉此遮住自己的醜態。

「工作的事讓你這麼煩心啊？」

馬場想說些什麼搪塞的話，但抬頭看了一眼涼子，稍微鼓起勇氣。

「**涼子不喜歡我的工作嗎？**」

「嗯？」

馬場不知為何地用了日本語開口，他自己也覺得奇怪；或許用外語來敞開心胸，會讓自己更有安全感吧。涼子稍微露出了一點驚訝的表情，隨即又恢復了微笑。

「嗯……我覺得作為妻子，丈夫的工作沒有喜不喜歡這回事。」

這樣的回答是什麼意思？意思是說，如果涼子不是作為妻子的話，才能敞開心胸誠實訴說自己對於馬場工作的厭惡嗎？馬場覺得追問下去也不會獲得明確的答案，也怕講越多錯越多，最後只「嗯」了一聲，就安靜地繼續吃起早飯。涼子多看了一眼馬場，輕笑了兩聲。

□

馬場選了一件有著長尖領的深色洋服來穿，並在西褲褲腰的地方綁上吊帶，確保給仕的繁重工作不會讓他出糗。然而新年剛過，洋服西褲可無法抵禦基隆郡的濕冷天氣；所以馬場還披上了涼子拿到玄關的棉襖、拿起遮蔽風雨的斗笠，看了看掛在牆上的時計。還差幾分鐘就到六時了。如果他現在出發，就能在八時前步行到基隆郡役所。但馬場還在猶豫。

「**那麼我出門了。**」馬場穿好木屐，在家門口與涼子道別；他刻意用了日本語，這樣如果附近剛好有鄰居聽到，就可以確認馬場家是優良國民。涼子在門口鞠躬，親切地向他揮手道別。馬場轉身，還在考慮究竟該不該從八堵驛乘火車去役所。

從八堵驛坐火車到基隆驛，可以將馬場

的通勤時間減半；但火車的票價雖然不是付不起，每天搭火車通勤卻也過於奢侈了。馬場的想法，是過年過節的，難道不能稍微輕鬆一次嗎？然而，他又選擇在步行通勤的時間點出門，如果這時候跑去坐火車，不會不好意思嗎？

馬場站在家門外猶豫不決。如果要坐火車，他就得左轉走去八堵驛；如果要走路，他就得右轉，跨過基隆河後走上好一段路，花一個半小時走到基隆市。

「**忘了什麼東西嗎？**」涼子歪著頭疑惑道。

「**沒有、沒有……那我走了。**」

涼子在身後，馬場突然有種被監視的感覺。他尷尬地推了推鼻樑上的眼鏡，決定還是乖乖走路去郡役所比較好。涼子雖然從來不抱怨經濟上的問題，但肯定也不希望自己的丈夫因為一時偷懶就亂花錢吧？這樣的話，還是當個好旦那，走路去吧！

「**啊啦，今天不坐火車去役所嗎？**」涼子在馬場右轉之後輕聲脫口而出。馬場有點錯愕地轉頭看向涼子，對方卻已經轉身走向屋內。馬場杵在原地良久，對自己好氣又好笑，許久才認分地繼續往前走。

走上臺北基隆道，經八堵橋跨越基隆河，繼續沿著路往北走，過了丸宮醬油的會社後右轉，踏上日新橋越過田寮河，於臺灣銀行基隆支行所在的十字路口右轉，接著只要直直前進，就會到基隆郡役所了。馬場雖然覺得基隆郡的役所設在基隆市有些莫名其妙，但畢竟基隆郡設立在先，十多年前總督府才將基隆街升格為市，郡役所會設置在市內似乎也就情有可原了。

會像馬場一樣沿著臺北基隆道走的人不多，尤其還是在這樣的清晨。然而，不久馬場就看到一名皮膚黝黑的女子從對向走來——用「走來」可能過於修飾了；女子的行走姿勢怪異，彷彿還不太理解怎麼走路似的，希望走得更快些，雙腳卻不聽使喚。她在道路上歪歪斜斜，馬場試圖避開她的行徑路線，誰知道一個踉蹌，女子正好往馬場閃避的方向拐去，兩人直接撞成一團。

「**不好意思、不好意思。**」馬場一面說著，一面忙著把歪掉的眼鏡扶正。但那女子只是看著馬場，眼神中帶著驚訝與疑惑，接著便又逕自離去。

馬場自討沒趣，站在原地看著女子走遠，才又繼續往前走。

這個時間點，附近田地上已經可以看到勤奮的農人下田做工，而打算坐火車上班的人們則尚未出門。馬場走在路上，聽著遠處的農人吆喝、勞動的聲響；在他的記憶中，他曾一度嚮往成為擁有自己田地的農家，透過倚靠體力、勞力的工作餬口，但他最後仍然選擇了較為輕鬆的環境。老實說，役所的工作也是需要體力的，只是或許耗損更多的並非生理，而是心理上的資本。

馬場喜歡像這樣，在通勤的路上思考各種事物。

即便是這樣濕冷的冬季，走上好一段路，還是開始令馬場的額頭冒出汗水。他將手伸進西褲口袋中，拿出涼子準備的手絹，邊走邊擦了擦濕潤的額頭。雖然如此，比起夏天，馬場覺得自己還是喜歡冬天多一些；濕冷的天氣令人難受，卻總比夏天在蚊蟲紛擾下徒步走在這鄉間道路上要來得好多了。

在馬場的記憶中，涼子曾有一回跟他一起步行上班；或許就是在那之後，馬場開始覺得涼子看不起自己的工作？大概是去年夏天的時候吧，涼子說她想要去役所跟照顧丈夫的長官們送禮道謝。馬場覺得有些尷尬，起初還試圖勸阻涼子；畢竟，哪有誰在照顧他呢？都是他在照顧其他人啊！本島的低階公務員可能還好些，雖然他們也一樣喜歡使喚馬場，顯得自己高人一等，但再高也高不過內地公務員吧？內地公務員當然就更過分了，時常批評嘲笑馬場的辦事效率不說，偶爾還喜歡製造些難題讓馬場去處理，好像怕他工作太悠閒似的。在役所內，馬場從準備茶水、收發公文、協助民眾，到便所整潔、垃圾處理、地板與門窗清潔全部包辦——雖然給仕不是只有馬場一人，不過這樣的工作還需要涼子去跟長官同事「道謝」嗎？

然而涼子終究還是跟他一起出發了。一路上，涼子似乎說了不少鄰里最近發生的事，馬場卻因為緊張與預期中的尷尬而心不在焉，直到涼子輕輕捏了一下馬場的臂膀，他才回過神來。

「這麼不希望我去郡役所嗎？」

「啊，不……也不是不希望妳拋頭露面之類的顧忌，只是我在役所的工作……妳也知道，我只是個給仕，只怕妳去了役所，內地公務員也不會給妳好臉色吧？」

「原來如此。」

涼子不再講話，但仍堅持與馬場一同走去役所。馬場雖然怕涼子看到自己在職場上難堪的樣子，卻也為涼子的堅持所感動。

結果，那天涼子在役所接受了熱烈的歡迎，內地公務員對她甚至可以說是畢恭畢敬；郡守甚至還親自沏茶給涼子喝。涼子帶來的明月堂和菓子也受到同僚的喜愛，在午茶時間受到熱烈討論。涼子在與馬場共進午餐之後離開，此前甚至還跟馬場一起進行了部分工作——清掃役所門前的落葉、備好公務員們泡茶需要的熱水，然後擦拭內外每一扇窗戶與窗檯——臨走前，甚至有內地公務員出來送行；依舊帶著微笑的涼子向他們微微欠身後，才緩緩離去。

馬場仍然不明白當時涼子為什麼執意要看看他的職場；但他仍然記得，當時幾名內地人看著涼子的眼神，以及他們看著馬場自己的眼神。

丸宮醬油的招牌越來越清晰，離郡役所大約還有三分之一的路程。馬場一邊擦著汗一邊想著，一個多小時的路程畢竟不短，如果這時候能有台自動二輪車代步就好了；自動二輪車比火車方便，不需要沿著鐵軌前進，或許有閒的時候也能載著涼子去遠一點的地方遊山玩水——嗯？自動二輪車？當然不是；不是那種橡膠車輪、鐵皮，引擎吵雜、安全性又不佳的二輪車。馬場想的，是不需要輪子、裝設四組旋翼、車尾裝設小型渦輪引擎，車身以流線造型設計的飛行二輪車。輕量化的合金外殼，不僅能讓二輪車輕易飛上天空，甚至能承載兩名標準體重的乘客。這樣的飛行二輪車，他老早就想要了。如果能夠客製化為本田的六缸式ＦＤ－３０００引擎，搭配台碳ＣＲＰ－Ｘ碳纖維強化聚合物旋翼的話，那可就是頂尖的個人飛行器了。真好啊，真想買一台啊……但飛行二輪車到底是什麼？不要緊，這段想法已經很快在馬場的腦海中遭抹去。他在走過丸宮醬油會社後右轉，繼續沿著路走，朝日新橋的方向前進。

下了日新橋後，馬場在臺灣銀行基隆支行的路口右轉。說起來，即便給仕是件吃力不討好的工作，但能在役所工作，還是挺不錯的。當初父母聽到他要在役所任職，都高興得不得了，根本也沒聽到他說的工作內容。親戚中雖然有少數人不喜歡他「為日本政府做事」，但大多數都為他感到驕傲。那是當然，都已經被日本統治那麼多年了，哪還有可能改變什麼呢？這陣子，政府也開始鼓勵內地人平等對待本島人；要求改姓，大概也是為了讓原本不是日本人的本島人，與日本有更多聯繫的緣故吧？這樣想來，改姓好像就不是什麼大逆不道的事情了。平等是得來不易的，努力爭取了這麼多年，如今終於逐漸開花結果，如果還有本島人想滋事的話，那不只是跟日本政府過不去，還是跟期望和平、期望平等的本島人過不去了。

不過，馬場是怎麼得到役所給仕的工作的呢？馬場突然產生出這樣的疑問。在他的記憶中，他卒業那年……卒業……從哪裡卒業啊？麻省第三理工學院？帝國大學工學部？東京工大？不對不對……日新尋常小學校？基隆尋常高等小學校？更不可能了，那可是日本學生專用的小學校……我不是日本學生？但我是日本人……我不是？那就是基隆公學校了；公學校卒業之後呢？帝國大學？臺灣大學？我……

馬場的腦袋突然停止運轉。就好像腦海中傳來一聲「喀噠」般，所有的麵包屑、餅乾屑就都消失了，馬場再也找不到回家的路。

——但他不需要回家，他正在去上班的路上。

基隆郡役所就在馬場的右前方了。馬場拿出懷錶——離八時還有二十三分。馬場加快腳步。

□

役所大門無時無刻保持著敞開，因為基隆郡警察署就在役所廳舍的一樓，二樓才是其他役所公務員上班的地方。馬場決定今天直接從大門走進去——之前曾發生過因為值班的大人心情不好，看到給仕從大門進出就對他們訓斥的事情；但馬場相信新年早早，不會有人想觸自己霉頭。

馬場走進役所，發現是神田比自己先到後，鬆了口氣。

「**神田，早安！**」在家門之外，馬場早已知道不論何時都要使用日本語；即使對象是原本姓蔡的本島人。

「**啊，早安，馬場先生。**」總是怯怯懦懦的神田，已經養成了不管看到本島人還是內地人，都一副同樣怯懦的樣子。或許也是因為這樣，所以役所中馬場最喜歡跟他待在一起；這樣的話，至少可以讓自己感覺不是活在「最底層」。

「**柴夠嗎？我再去拿一點？**」在冬季，給仕到了役所的第一要務就是生火爐。這樣濕冷的天氣，火爐有火，室內才夠溫暖；但就算在炙熱的夏天，雜工也得用火爐的火燒些開水，來幫公務員們泡茶。馬場看到火爐的火光依然微弱，所以這樣問了神田。

「**啊……啊，好，麻煩你了。**」神田看了一下火爐，又看了一下馬場，才趕緊回答，還向他欠了個身，接著就趕忙繼續去打開役所內其他上鎖的門窗。

馬場步出役所，往一旁堆放木柴的地方走去。他翻起防止木柴受潮的帆布，撿起幾塊乾燥、沒有被雪水或雨水浸濕的木柴，再度走回役所。這時，最後一名給仕到了。

「**早安，中村先生。**」馬場先打了招呼。

「**唉呀，是馬場啊！我該不會是最晚到的吧？哈哈哈，不好意思、不好意思。**」

役所的三個給仕裡，舊姓李的中村是年紀最大的；從頭頂光禿的程度與鬍渣的色澤，馬場推測他大概已經要五十歲了。雖然年紀較長，中村卻不是最可靠的先輩；工作時常偷懶不說，偶爾還會把失誤推給馬場與神田。在公務員面前一副油腔滑調的樣子，也讓馬場看得很不順眼。他一走進役所，就先趕緊跑到火爐前取暖。

「**這火不夠暖啊！馬場，快點快點，快點把木柴拿來！**」

中村一把將馬場手上的木柴搶過來，丟進火爐中；馬場只能愣在原地。此時，兩名內地公務員剛好走了進來。

「**喂！馬場，你只顧著取暖，不給我們泡個茶嗎？**」其中一人對馬場說道。

也不知道中村是不是算好時機才這樣做的，馬場只能趕緊認分地提起水壺。

從七堵庄基隆水道貯水池、經由基隆水

道過來的水泡起茶來甘甜美味，馬場在家中也時常跟涼子一起泡茶。役所的茶葉通常是中村出外勤買來的；雖然出外勤大多是為了偷懶，但買回來的茶葉，中村可不敢馬虎。石碇堡的茶葉品質倒也穩定，泡出來的包種茶香近似花香，不管是本島還是內地的公務員都很喜歡。

離役所開放時間還有十多分鐘，陸續到來的公務員們紛紛圍到「中村生好火」的火爐旁取暖，喝著熱茶閒話家常。

「**話說，你們聽過最近在傳的『未定論』嗎？**」馬場一面忙著拿抹布擦拭門扉、窗戶，一面偷聽著馬場的直屬上司，財務係的橫山公務員說話。

「**啊啦，該不會是那個危言聳聽的『臺灣地位未定論』吧？**」回應的是庶務係的增田公務員。

「**沒錯。**」橫山肯定道：「**這種論調認為，清國割讓臺灣給大日本帝國的時候，其實本來並沒有權力能夠割讓全島喔！**」

「**為什麼？**」文書係的渡邊公務員提出疑問。

「**因為，實際上當時的清國並未統治臺灣東部。**」橫山的語調充滿了陰謀論的暗示，把其他內地公務員逗得笑出聲來。

「**不過，無論如何，帝國在領有臺灣初期，的確遭遇很多反抗吧？不管是在東部還是西部——**」教育係的松井忍不住提出自己的看法：「**到了現在，的確都是天皇陛下的領土，沒有人可以質疑！**」

松井的聲音越講越大聲，幾個人順勢往馬場這邊看了一眼。這一眼的目的不是想確認馬場沒有聽見；正好相反，他們就是要看看馬場聽見了沒，以及聽見之後的反應如何。

馬場剛好擦完門扉底部，站起身來，對這些內地公務員點了點頭。

「**當然是這樣沒錯。**」橫山接著松井的高論繼續說道：「**不過我想說的，是『臺灣地位未定論』從一開始就不成立喔！**」

幾個公務員發出驚嘆，其他人則冷靜地等待橫山把話說清楚。

「**日本啊，在四百年前就開始領有臺灣啦！**」橫山語氣堅定，不帶一絲玩笑的語氣，讓現場鴉雀無聲。

「**元和二年的時候——**」橫山接著說明，「**德川將軍因為臺灣蕃民不願朝貢，命村山等安遣軍攻台……**」

「**等等，這我知道。**」插嘴的是同樣任職教育係的篠田：「**但村山等安不是派了自己的兒子村山秋安領軍，結果船團卻在前來臺灣時遭遇颱風，無功而返嗎？**」

「**說是『無功而返』，可能太輕描淡寫了。村山秋安的十三艘船，三艘飄到越南、七艘轉而攻擊金門、澎湖等地；只有三艘抵達『高砂國』北部。**」

十三，真是不吉利的數字；馬場默默在心裡想道。

「**這三艘抵達臺灣的船艦，其中一艘船的所有船員都被蕃人殺死；另外兩艘則是先逃到福建，然後才黯然返回日本。**」

「**這跟『臺灣地位未定論』有什麼關係？**」松井忍不住打斷橫山，語氣不太開心，還順勢看了馬場一眼——現在可是教育本島人的好時機，講這些失敗的過往有什麼意思？

「**歷史上沒有明說的是——**」橫山瞥了松井一眼，繼續說下去，「**三艘飄到越南的船中，包含了村山秋安的旗艦。不知道愛子早已飄到越南的村山等安，二度派遣船團航向臺灣，想要在臺灣找到村山秋安。這其中除了親情因素外，當然還有幕府的壓力在；當時德川將軍希望能夠在這座島上建立貿易的中繼站，不再透過葡萄牙人經手絲綢貿易。**」

橫山頓了一下，喝了口茶緩緩喉嚨。其他幾個圍在火爐邊的內地公務員面面相覷。

「**由村山等安率領的船團安穩地到達了臺灣，登陸的地方就在基隆附近。他們擊退了跑來騷擾的蕃人，成功在沿岸一帶建立了貿易中繼站。可惜好景不常啊……**」

「**接下來就是荷蘭人到臺灣了吧？**」接話的，是似乎對本島歷史相當熟悉的篠田。

「**這樣算下來，也不能說那時候德川幕府有成功統治臺灣啊？**」松井依然對橫山的論述不夠滿意。

「**寬永三年，西班牙人發現三貂角，而後攻擊村山建立的貿易中繼站，並在中繼站的基礎上建造了聖薩爾瓦多城。後來，佔領南臺灣的荷蘭人趕走了北臺灣的西班牙人，實質上控制了臺灣西半邊——這之後，是誰趕走了荷蘭人啊？**」

「**不就是鄭成功嗎？**」篠田答道。

「**那鄭成功是在哪裡出生的呢？他是哪裡人呢？**」

圍在火爐前的公務員發出幾聲驚呼。幾個人露出恍然大悟的表情，其他人則小聲說著「**原來如此**」、「**這麼理所當然的事我竟**

然沒想到」之類的話語。

橫山做出結論道：「**整體而言，日本是第一個在臺灣建立據點的政府；此後也長時間由日本人統治，直到清國攻佔了本島。那今天我們拿回自己的統治權，不也相當合理嗎？**」

「**說得好！**」松井附和道；看來他已經完全接受了橫山的說法，其他幾個人也點頭如搗蒜，甚至笑著拍起手來。

「**馬場，需要幫忙嗎？**」趁著眾人還在享受某種勝利的愉悅感，橫山突然捧著茶杯走向馬場。

「**誒？哈哈……不用不用，這是我分內的工作。**」突如其來的示好讓馬場措手不及。

「**不用客氣，大家都是日本人，天皇之下一概平等；職業也不分貴賤，有需要幫忙就直說。**」橫山對馬場點了點頭，轉身回去跟他的內地同事又聊起天來。

馬場站在原地，內心五味雜陳。

□

擦完了門窗玻璃，馬場接著開始確認役所廳舍內每間係室的垃圾桶是否已經在前一晚清除乾淨。他拿著大桶子，沿著走道一個係室一個係室地巡察。果然，才走到警察課的保安衛生係，就發現一張辦公桌旁的垃圾桶中塞滿了廢紙。馬場不自覺地向四周張望，確定沒人後，才暗暗猜想：昨天負責善後的給仕是中村吧？

他將廢紙倒進手中的大桶中，繼續走向下一個係室。在保安衛生係之前，警務係已經確認過了；接下來的司法係也沒有遺留下垃圾。整個警察課巡過一遍後，馬場還得去二樓的庶務課那邊一一檢查文書係、庶務係、土木係、教育係、勸業係與財務係各室的整潔。走進庶務係室時，馬場又發現了廢紙；他將廢紙倒進大桶中，接著在準備轉身離開係室時，看到須江郡守的身影從門口匆匆經過。

才剛過完年不久，郡守就現身在廳舍內，已經有點離奇了；何況一大早就進郡役所辦公，那更是難得一見了。須江剛剛成為郡守，大概也是有點新官上任的心態吧？馬場這樣想著，收拾好垃圾，繼續往土木係室走去。

土木係、教育係、勸業係，最後是財務係。郡役所庶務課的財務係除了管理稅收、會計與公共物品的出納與保管外，也負責役所廳舍的管理；其中當然也包含給仕的聘任及監督，是馬場的直屬單位。不過，役所的三名給仕當然不會在財務係室內有位置、有桌椅可以坐——給仕本來也不太可能有空閒可以坐下來休息才是，馬場又想起了松井的態度。

清潔完畢，馬場步出財務係室，不經意地往二樓長廊的右邊看去，注意到盡頭有一扇門半開著。那扇門，是馬場被再三告誡，不可進入的門。馬場躡手躡腳地往半開的門扉靠近。

他往門內望去，發現室內昏暗，卻有無數的小光點閃爍著，大多都散發著白光，也有一些紅光、綠光在不同的角落中明滅不定。光影中，有個人背對著門口，戴著一個金屬色澤的罩子，在室內隆隆的聲響中自言自語。馬場看了許久才確定那人就是須江郡守。

「是、是……都在掌握中。記憶體中殘留的……對，都清乾淨了……不會再發生……有臭蟲？沒……沒問題、沒問題……」

室內有著某些機械運轉的聲音，蓋過了郡守的部分話語。馬場沒聽過這樣的隆隆聲——不像蒸汽機那般吵雜，然而那若有似無的低鳴聲卻讓他倍感不適，好像有某種看不見卻聽得到的能量，在那些閃爍的光影中流竄。

「社長不會失望……一定成功……一定……至少八……不，九成……米國人員？是、是……啊，上海……原來如此……」

郡守似乎在跟看不見的對象說話，但馬場沒有看到他拿著電話話筒，就只是兩手空空地戴著金屬頭罩而已。

「運作一切正常……團隊對兩百年前的臺灣……對，的確很……是，就照原訂計畫……叫馬場……我瞭解……」

隱約中，馬場聽到自己的名字，嚇了一跳。他不知道為何剛成為郡守的須江要跟別人談論起只是個役所給仕的自己，帶著畏懼地往後退了一步，因此撞到了在他身後的某人，差點叫出聲來，鼻樑上的眼鏡也彈了起來。

「你在幹嘛啊，馬場？」

馬場定睛一看，才確認了身後的人原來是中村，一方面覺得「還好是中村」，一方面卻又感到「怎麼就正好是中村」。

「這……這門不知道為什麼開著。」馬場試圖穩定情緒，小聲對中村說道：「郡守在裡面，不知道在做什麼。」

中村露出笑容，看著馬場輕聲說道：「**緊張到本島語都自動冒出來啦？**」語畢，索性也湊上前想看看門內到底有什麼。張望了好

繪／阿諾

一陣子，表情卻越來越困惑。馬場看著中村，自己也困惑起來，也跟著重新看向室內。

須江郡守依然戴著金屬罩子，對著空氣點頭哈腰，四周機械上的光點依舊明滅不定。

「你沒看到嗎？」馬場咬著牙，壓低聲音問中村。

「**我什麼都看不出來。**」中村若無其事地答道。

馬場看中村帶著些許困惑的表情，驚訝不已。他不明白到底是自己發了神經，還是中村腦袋出了問題。冷靜下來後，馬場拉著中村遠離該處，回到財務係室的門口。

「**好，你什麼都沒看到，我也什麼都沒看到。什麼事都沒發生，可以嗎？**」

「**什麼可以不可以……就沒東西啊？**」中村笑了出來。

「**嗯，好，沒東西，對。**」馬場露出滿意的笑容，推了下眼鏡，拿著裝垃圾的大桶往樓下走去，將一面笑著一面顯露困惑的中村丟在原地。

下了樓，沿著走廊前進，在保安衛生係室向右轉後直直走，就會來到役所廳舍側門。這個側門是役所人員專用的，平民百姓若要洽公會走正門，公務員們也不會使用這扇門；出了側門，繼續往廳舍後方走，污物箱就置放在近處。

馬場將桶子裡的垃圾倒進污物箱中。通常，他總會在此時想起自己下班前還得清理污物箱，從而導致心情低落；但現在，他的腦海中盡是須江郡守的詭異行徑與那間神秘的禁室。

基隆郡役所準時在八時對外開放，聚集在一樓火爐處的公務員們已經四散，前往自己的係室，開始一天的工作。神田將剛燒好的水倒入茶壺中，準備將泡好的茶送到各個係室內；馬場清理完垃圾、把手洗乾淨後，在役所大門前向今天負責站崗的大人欠身示意，也開始指引前來洽公的民眾。

□

國民精神總動員推行至今不滿半年，已經有不少本島人自告奮勇地向政府請求改日本姓，以表示對大日本帝國的忠心；當然，因為總督府並未強制改姓，絕大部分的本島群眾依然維持漢姓，但本島公務員、役所給仕作為政府與民間的橋樑，私底下便被要求盡快申請並辦理改姓。中村是最早改姓的給仕，隨後馬場與神田也在這樣半強迫性的機關風氣中，於去年底改姓。事實上，從去年底馬場等人改姓後，一小波本島人改姓的風潮也的確開始出現。過年前，陸續有本島人前來役所申請改姓；如今新年剛過，這股風潮似乎仍未停止，一整天下來，馬場遇到好幾個前來改姓的本島民眾。

相較於平時的繁忙，新年後的第一個工作天，其實來訪的平民不多。在彼此無言的一個上午後，馬場終於在下午休息時間結束後，試著與站崗的大人攀談。然而幾句往來，馬場很快認知到這位大人跟其他很多大人一樣，是看不起本島人的那種內地人；所以他趕緊結束了話題，在指引一名前來洽公的民眾前往勸業係室後，選擇站到役所大門比較裡面的地方，離對方遠一點。

傍晚六時一到，馬場準時離開大門前——但這可不是給仕下班的時間。公務員們魚貫走出大門，馬場與神田則必須一起清理各係室的垃圾、將用過的茶杯、茶壺清洗乾淨，最後鎖緊役所上下樓層的每個門窗，才能離開郡役所廳舍。

中村？中村早已不見蹤影了。

剛離開役所，不巧就下起了綿綿細雨；馬場將拿在手上的斗笠戴起，毅然決定搭乘火車回家。沿著過來的路走回日新橋對岸，然後在旭橋通右轉，直直走便可以看到視線右前方的基隆驛。驛站四周的街燈在細雨中閃爍著光芒，映照著巴洛克站體的紅色磚牆，顯得淒美而危險。

馬場趕上了即將發車的一班車次，在上車前，還特地在月台上多甩了幾下斗笠，免得雨水造成其他乘客不必要的困擾。

馬場記得有人說過，雨是來自天上的眼淚。但是這樣的話，雨還能被稱為雨嗎？雨不就變成了眼淚嗎？那麼人要怎麼分辨雨跟淚呢？基隆實在太常下雨，這是不是代表了基隆有什麼問題，惹得上天一直哭泣呢？

或者，這是不是代表了我有什麼問題，使得我的天空不斷下雨呢？

從住家處走到郡役所要一個小時半左右，而從基隆驛到八堵驛只要不到半個小時；這就是時代的進步。馬場想，如果時代還會更進步的話，有沒有直接從家裡跨過個門檻就能到達郡役所的作法？或者，有沒有坐在家裡就能工作的辦法？

火車減速產生的作用力讓馬場從內心獨白中回到現實，他步出車廂、離開月台，在驛站大門前戴上斗笠，左轉之後步行五分鐘回到住家。

即便只是給仕，但拜役所工作之賜，馬場家還是比其他本島人提早獲得了申請用電的資格；他在家門前看著屋內透出的光亮，反而開始覺得其實是自己看不起自己的工作，又想把這個心態嫁禍給涼子，才會對她產生這樣的質疑與困惑。馬場嘆了口氣，甩乾斗笠才踏進家門。

「**我回來了！**」味噌汁的香味在門口就能聞到；馬場將斗笠掛在玄關的掛勾上，對著屋內喊道。

「**歡迎回來！**」涼子在廚房提高音量回道；馬場聽到廚具的碰撞聲，接著就看到涼子踩著碎步來到玄關前。

「**今天回來比較早呢。**」

「**嗯，在下雨，我坐火車回來的。**」

「**好的。先吃飯吧？**」

「**嗯。**」

馬場把棉襖脫下來交給涼子，用涼子準備好的擦腳巾擦乾腳上的雨水與污物，緩緩走進房內。餐桌上有香氣逼人的鹽烤鰆魚、清炒高麗菜，以及如常的清粥與味噌汁。馬場輕輕一吁——畢竟白米飯不是每天都能吃的，過了年，把米煮成粥還是節省些。

「廚房裡還有石花凍，吃完米粥我再拿出來。」好像看穿了馬場的心思般，涼子在他身後微笑道。

「**我開動了。**」兩人坐定位後，馬場與涼子一同輕聲道。這個儀式他們到了去年底才慢慢習慣，這樣日後如果馬場有機會在外用餐，也能像個堂堂正正的日本人一樣，不至於落人口實。涼子沒有反對，但作為交換，她要馬場用餐時聊聊白天在役所的趣事，不要每次對工作的事都不發一言。

馬場想說，跟妳說的話，又能如何呢？妳也無法幫我解決問題啊。但他還是照做了。

「今天在役所看到了須江郡守呢！」

「是嗎？」

「對啊，新年上工第一天，真沒想到會在役所看到他。而且……他今天很奇怪。」

「奇怪？」涼子的筷子停了下來，抬頭看著馬場。

「他在役所一個平常禁止使用的房間內，對著空氣講話。」

涼子把筷子放下，馬場發現她平時掛在嘴上的微笑稍微收斂了一些。

「你在那個房間看到他了？但……你不是說那個房間平時禁止使用嗎？」

「郡守大概很急吧？急得連門都忘了關好。不過，那真是個奇怪的房間……」

涼子皺了下眉頭，不自覺地折起手指，但很快又恢復了微笑，問道：

「真有趣，房間裡有什麼？」

「有很多沒聽過的聲音跟光點——」馬場吃了口粥，才又繼續說道：「郡守還戴著一個金屬罩子。」

「該不會是什麼宗教儀式吧？」涼子笑道。

「不會吧……在役所裡面進行宗教儀式嗎？太詭異，也太危險了吧……」

「呵呵！到底是在做什麼呢？」

「其實也不關我的事，就只是碰巧看到而已。」

「嗯，還是別想太多吧！」

涼子再度把筷子拿起來，夾了一口高麗菜到碗中。馬場看著涼子，對著面具聳了聳肩。

「對了，還記得之前跟妳說過的那個**橫山先生**嗎？」

「財務係的主管吧？」

「他今天一早剛到郡役所，就聊起了『臺灣地位未定論』。」

「那是什麼？」

「我沒有很懂……好像是說，當初清國

沒有權力割讓臺灣給日本的樣子。」馬場喝了口味噌汁。

「啊……因為當時清國的版圖沒有擴張到臺灣東部吧？」

「妳很清楚嘛……但橫山說這是不成立的。」

「為什麼？」涼子問道，同時用筷子剝起盤子裡的一塊魚肉。

「嗯……好像因為鄭成功是日本人。」

「鄭成功是日本人？」

「我不知道，是橫山說的。好像他是在日本出生的吧？」

「喔，對啊，他媽媽也是日本人。」

「那橫山應該沒說錯吧……」

「原來如此。因為鄭成功是日本人，所以鄭成功統治的時候，臺灣就是日本的領土；反而是清國入侵佔領了日本的國土……這些內地人真會詭辯呢！」涼子用筷子輕輕攪拌著碗中的米粥，碗中的熱氣冉冉上升。

「喂，妳小聲點……」馬場不自覺地把頭低下來，張望著窗外是否剛好有人經過。

「你覺得鄭成功認為自己是日本人嗎？」涼子把視線從碗裡移開，看著馬場問道。

「嗯？」馬場也看向涼子，「呃……我覺得，鄭成功應該沒有想過這個問題吧。」

涼子的面具呢？

「我也覺得他沒有想過這個問題。所以，橫山的說法，難道不是用現代的身分認同去收編了過往的國族判定嗎？」

「大概吧。」

「……你不生氣嗎？」

「生氣？嗯……內地人要怎麼想就隨他們想吧。」

涼子的眼中第一次閃耀著光芒。

「你想想，以後本島人的小孩在學校讀書，課本裡寫著『臺灣自古以來就是日本不可分割的一部分』，這是你想要的未來嗎？」

馬場夾了點高麗菜放到碗中，沉默不語。

「『**我島**』……」涼子緩緩開口。

「嗯？」

「『**我島誠為地球上之寶庫，而我等乃生為其主人翁**』。」

「什麼意思？」

「『**我等絕不能悠悠閒閒，終作立於無能力者之地位也。臺灣乃帝國之臺灣，同時亦為我等臺灣人之臺灣**』。這是蔡培火十七年前寫的文章。」

「涼子……原來這麼討厭日本人啊？」

「我……」

涼子銳利的眼神突然緩和了下來。馬場在她的眼中看到光影輪轉，似乎屋內也要下起雨來。

「我不討厭日本人，但我們是臺灣人。不論總督府怎麼殘害我們，臺灣人都不會變成日本人。」

馬場看著涼子，有點訝異，但隨即不自覺地露出笑容。

「我好像……嗯，我好像第一次，真的看到妳了。」

「什麼意思？別開玩笑，我很認真的。」

涼子用手擦了擦眼角。

「我也很認真喔。涼子，結婚之後到現在，老實說我一直覺得妳好像離我很遠；今天我覺得我第一次看到真正的妳。」

涼子捧著臉，有點不知所措。

「真是的……」涼子再度露出了微笑；不知道為什麼馬場很喜歡這個笑容。

「吃飯吧。」馬場推了推鼻樑上的眼鏡，

笑著說道。

今天晚上的心情與今天早上很不一樣，馬場覺得他有機會愛上涼子。至於臺灣是不是臺灣人的臺灣，馬場不知道——他甚至連臺灣人要怎麼定義，都不確定。

第二章 昂

隨著元旦假期遠去，役所的公務也越來越繁忙。放置在郡役所內外的裝飾性植花來不及在去年底更換，新年一過，這個重擔還是落在了給仕身上；中村負責採買新的虎尾蘭、鵝掌藤與綠莧草，神田負責修剪門前兩棵欒樹的枝葉，馬場則負責將室內的植花搬到役所側面集中，待橫山公務員決定舊植花的處置方式。

在處理這些額外勤務之餘，原本給仕分內的工作當然也必須照舊進行。

下一個月曜日，中村訂購的植栽送到了役所門口；馬場想不到他採買當時，竟然還順路去了田中珊瑚店，用自己的錢買了一小株紅珊瑚，要送給須江郡守，放在郡守辦公室。馬場與神田對此互相聳了聳肩，表情不置可否；但郡守似乎也沒有因此而開心滿意多少，反而讓中村有些灰頭土臉。

那天，在役所開放後，神田負責引導前來洽公的民眾，並抽空繼續修剪役所廳舍外的連翹，馬場與中村則開始把新送到的植栽搬進役所內。橫山事先告知了兩人配置方式：特別需要日照的兩株虎尾蘭被規劃在役所大門前，讓役所的門面增添一分自然的氣息，剩下的幾株則安排在日照強烈的室內窗前；大量採購的鵝掌藤置放在走廊的每個窗台前，為役所廳舍整體增加綠色和緩舒適的氛圍；小巧精緻的綠莧草則交由公務員自由取用，幫自己的辦公桌賦予溫暖可愛的風情——內地公務員優先領取這件事自不用提，實際上更有「財務係公務員優先領取」的不成文規定。畢竟，財務係除了管理給仕外，也負責役所廳舍內的各種財務款項，以及郡稅收入的統整事宜，其他係室的行政預算幾乎可說是由財務係給掌管著。

中村一開始還認分地跟馬場一起搬運著植栽，但上了二樓，馬場一個沒注意，中村就失去了蹤影。這當然不是第一次發生了，馬場也懶得去找人，繼續默默進行著搬運工程。

二樓長廊的窗台都放上鵝掌藤後，馬場終究得自己一個人把剩下的三盆虎尾蘭抬上二樓。第一次還撐得住，第二趟就開始有點力不從心了；到了第三趟，馬場差點在樓梯上摔倒，自己受傷不說，可能還得面對橫山的數落、其他內地公務員的訕笑，以及得自己賠償財務損失的窘境。還好，即便因為腳軟而一度站不穩，馬場還是成功把最後一盆虎尾蘭抬到了二樓。

就是在這個時候，馬場看到中村慌慌張張地從長廊對面走過來。

「中村先生，你不來幫忙搬虎尾蘭，是跑去哪裡做什麼了啊？」馬場平常是不會這樣跟中村說話的，但剛才的一陣驚嚇，反而好像驚出了馬場的膽子。相反地，中村的膽子則不知道跑到了哪裡去。

「誒？啊……嗯，我剛剛先去了趟郡守辦公室，然後……」

「嗯？然後呢？」

「然後……」中村欲言又止，轉頭張望了一下附近有沒有其他人，然後把馬場拉到長廊角落小聲說道：「然後我看到上次那扇門又打開了。」

中村用的是本島語，讓馬場吃了一驚，也開始注意附近有沒有其他人。

「上次那道門？你是說上次須江郡守在裡面自言自語的那道門？」

「上次我沒看到郡守，這次我也沒看到。但那裡面有什麼……」

兩名內地公務員走上樓梯。是教育係的松井公務員與篠田公務員，兩人一面交談一面走著，沒有注意到馬場與中村，但馬場與中村還是馬上轉身背對他們，圍繞著剛搬上來的虎尾蘭，假裝在調整位置。等松井、篠田走遠後，中村已經稍微恢復了冷靜：

「**這次不一樣，我沒看到郡守，也沒看到裡面有什麼東西，但剛剛那裡面好像有人。**」

「**有人？那……又怎樣呢？那幾個房間只是禁止我們給仕進入，其他公務員都可以自由進出，有人在裡面並不奇怪。**」中村既然換回了日本語，馬場也就同樣以日本語回道。

「**不，你沒聽懂……**」中村吞了吞口水，再度把聲音壓低，「**我是說那裡面『好像』有人。懂嗎？裡面沒有任何東西，但我『感覺』到裡面有人……**」

中村說罷，就拉著馬場走向該處；馬場一面被拉著前進，一面感到背脊發涼。

長廊盡頭的房間，房門輕掩著。馬場站在門前，感覺渾身不對勁。

「**你也感覺到了吧？你也感覺到了……**」中村在馬場身後說著。

因為房門輕掩，馬場看不到門內的樣貌；但正如中村所說，馬場有種很不對勁的感覺，好像他的大腦正在告訴他，四周的門窗、地板、盆栽等自然而然的存在，被不知何處而來的一個不自然的東西給侵害了。而那個東西就在門內。

馬場緩緩將耳朵靠近門扉，試圖聆聽房內的聲響。上次那嗡嗡作響的機械聲依然在門後飄盪著，但除此之外就沒有其他聲響了——沒有郡守的話語聲、也沒有其他人存在的跡象——然而馬場依然有一股「什麼東西在門內」的感覺。

馬場把手伸向門把，轉頭看向中村，才發現中村已經走遠了。

「**中村先生！**」馬場把聲音壓低，生怕又剛好有哪個公務員走上來。但中村只是往後擺了擺手，加快腳步消失在長廊轉角。

就在馬場看著中村身影消失的時候，一隻手從馬場站著的門前伸出，一把將馬場拉進了室內。馬場倒抽了一口氣，一個踉蹌差點撞上把他拉進房的人身上；但對方精準地扶住馬場，讓他不至於摔得四腳朝天，一個轉身，跟馬場互換了位置，同時還順手關上了門。

房間內沒有開燈，只有擺滿室內、發出隆隆聲響的機械上有著的無數個小光點；然而這些發出白光、紅光的光點無法照亮整個房間。馬場站穩腳步，環顧四周，發現這些整齊地排列在牆邊、方方正正的機械，其實被裝在金屬的箱子裡。長條型的箱子往上延伸到天花板，四周有著金屬的支架，正面有光滑清透的玻璃，其他幾面則都被金屬包覆。箱子後面連接著數條粗細不同的管線，並被集中收束到另一個半透明的軟管中。

上次須江郡守所站之處的左方，原來是一張金屬方桌，上面有許多鑲嵌在桌上的圓點和方格；方桌一旁是更多的金屬箱子，同樣整齊地排列在室內中間，讓房間呈現出左右各有一條通道的景觀。

馬場站在方桌前，推了推他的金邊圓形眼鏡，努力適應昏暗的室內空間。將馬場拉進房內的黑影，默默地站在出口前。那人身材矮小，但足以擋住馬場逃脫的唯一出口；短而凌亂的頭髮與不斷快速起伏的胸膛，說明了對方跟馬場一樣緊張。在一陣無聲的僵持後，馬場決定先開口。

「**那個……請問你是誰？找我……有什麼事嗎？**」

「噓。」

原本弓起背、想把自己縮起來的馬場聽到一聲噓，驚訝地把背給挺直了。對方似乎也跟自己一樣，在試著理解現在的狀況。馬場不敢輕舉妄動，只能耐心等待。半晌之後，對方開口了，聽起來是個女生：

「**%E3%81%93%E3%81%93%E3%81%AF%E3%81%A9%E3%81%93%EF%BC%9F？**」

「**嗯？**」但馬場聽不懂對方在說什麼。

「**%E3%81%82%E3%81%AA%E3%81%9F%E3%81%AF%E8%AA%B0%EF%BC%9F？**」

「**對不起，我聽不懂妳在說什麼……**」

對方再度陷入沉默。馬場漸漸從緊張、恐懼轉變為困惑、好奇。這個人到底為什麼會在這裡？很明顯她並非郡役所的職員，而且既然會在這個房間裡潛伏，必定是對於這個房間有所認識，是為了這個房間而來役所的。換言之，她知道這個房間是做什麼的。

「**你是，誰？**」對方終於再度開口，這次使用的是日本語。

「**啊，我是馬場。馬場忠。**」

「**馬場？馬場……你是日，本人？**」

「**日本人？呃……是沒錯。**」

「**沒錯？但是？**」對方聽出了馬場語氣中的保留。

「**嗯……我們通常會說自己是本島人？畢竟，內地人不會想要跟我們混為一談吧。**」

「**本島，人？內，地人？所以，你是不是中心，的人？**」

「**中心？是指郡役所嗎？我是役所的給仕沒錯。**」

「**中心，醫，療中心。我不是在，問母親的事情。**」

「**母親？**」馬場一頭霧水。雙方對話顯然有著相當的認知落差，除了不知道本島人與內地人的區別，對話內容更是雞同鴨講。見女子不再回應，馬場決定先搞清楚現況：

「**呃，抱歉，請問妳又是誰呢？這裡是郡役所內部，外人不該隨便闖入，妳是公務員嗎？如果是不小心進來的，趕快離開比較好。我的意思是，警察大人就在樓下……**」

馬場沒有把話說滿，但女子保持沉默，讓他不知道是否該開口追問。

眼睛逐漸適應黑暗後，馬場終於足以確認眼前的女子是誰——她的身材矮小，比馬場矮了一個頭的高度，身上穿著毛皮材質的長袖長褲，有些部位甚至好像是樹皮製成的；對方光著腳，似乎對於冬季的天氣毫無所覺。

「**昂……**」

「**什麼？**」馬場回過神來。

「**我是……昂？嗯，我是昂。**」

「**昂。**」好像在幫對方確認一樣，馬場重複道。

女子在黑暗中頷首。接著又開口：

「**馬場，你是工程師？**」

「**工程師？不是，我是郡役所的給仕，造火車頭的技術，我不是很懂。**」

「**火車，頭？**」

「**嗯，我只會坐火車，不會做火車。**」

昂在黑暗中轉身，看著門口的方向，馬場還是對於雙方的對話一頭霧水。

然後，昂突如其來地打開了門，陽光灑進室內，讓馬場看到她黝黑的膚色；昂回過身來，清秀的臉龐讓馬場莫名地心頭一緊。

「**%E9%9D%A2%E5%80%92%E3%81%8F%E3%81%95%E3%81%84……**」

馬場沒注意到昂的喃喃自語。他只是看著她清澈的、深邃如漆黑夜晚的雙眼，看著她小巧的、可愛如初摘莓果的鼻子，看著她開闔的、精巧如萬物真理的雙唇。

「**……嗯？**」

「**你不知，道真相。**」

「**真相？什麼真相？**」

「**我會再來找，你。**」語畢，昂便轉身走出門外。

「**什……等等！**」

馬場趕緊追出門外。要從長廊盡頭的房間走到樓梯處，可不是只有兩、三步的距離；但僅僅兩、三步之差，當馬場步出門外，昂已經消失在長廊上。

「不對勁，太不對勁了……」

馬場說的不只是剛剛發生的事情。從新

年上工之後，越來越多的怪事開始發生：郡守的詭異行徑、涼子的認同顯露、自己的怪異想法……他越來越有一種自己依然沉浸在某個夢境中的感覺，而這個夢正漸漸從毫無邏輯章法的怪誕中，發展成一場真正的夢魘。

他跑下樓梯，依然沒有看到昂的蹤影，想必已經離開役所走遠了。一面把剩下的鵝掌藤搬到樓上窗台，一面尋找著中村的蹤跡——他需要找中村談談。

鵝掌藤盆栽雖然比虎尾蘭小，也不是只有兩隻手的馬場可以輕鬆搬運的植栽；兩趟來回，馬場也只搬了四盆鵝掌藤到二樓，而中村則不見蹤影。第三次回到一樓門前，馬場剛好看到神田坐在連翹旁休息。

「**神田，你有看到中村先生嗎？**」馬場蹲到神田身旁。

「**啊，馬場先生。中村先生不是在跟你一起搬盆栽嗎？**」

「**他……中途就消失了。**」馬場一度想把禁室的遭遇跟神田說，但還是忍了下來。

「**果然很像中村先生會做的事呢！**」神田露出了有點尷尬的笑容。

「**你有看到他離開役所嗎？**」

「**嗯……我沒有看到。但如果你在裡面沒有看到他的話，可能也是因為我太專注在修剪連翹上了，沒注意到他走出大門。**」

「**啊，原來如此。**」馬場站了起來，「**如果有看到中村先生回來的話，麻煩你幫我跟他說，我在找他。**」

「**沒問題。**」

「**辛苦你了。**」

「**也辛苦馬場先生了。**」

馬場再度走進役所廳舍，順手引導了一名前來洽公的民眾前往二樓的勸業係室。中村勢必也跟馬場一樣，察覺到了近期圍繞著役所的各種怪狀。但靜下心來思考，這些怪狀是馬場有必要釐清的嗎？郡守要在役所廳舍裡面做什麼，並不是一名給仕有資格置喙的，而他也不可能告知其他人他偷看了給仕不該前往的禁室，甚至還闖了進去——他當然可以說自己是因為被昂給拉進去的，但昂是誰？他們在裡面幹了什麼？這又要如何解釋？唯一可以討論的對象是似乎同樣困惑的中村，但跟中村說了他逃離之後發生的事情，會對釐清怪狀有任何幫助嗎？

馬場把最後的兩盆鵝掌藤捧起來，緩緩走上二樓。不。事情有太多不對勁的地方，他需要知道更多，才有辦法保護自己；保護自己，才有辦法保護涼子……所以他必須裝作什麼都不知道，就跟他第一次在禁室中看到郡守時，自己跟中村所說的那樣，「什麼都沒看到、什麼都沒發生」。

馬場下定決心。

□

那天晚上，馬場沒有告訴涼子他進入禁室，以及碰到昂的遭遇。

如果他告訴涼子，便有可能致禍於她；這件事情越少人知道越好。馬場只希望中村的想法跟他一樣，不要到處明目張膽地打探、到處跟別人——尤其是內地人——講述他們的所見所聞。

相反地，涼子越來越願意與馬場討論她心中的想法，討論關於臺灣的未來、討論身為臺灣人的意義，並且討論遭受日本統治下的困境。

「但是……去年日支戰爭開打，我想總督府只會越來越縮限本島人的權利，也不會再那麼包容要求自治的聲音了吧？」

「如果不願意持續為了自己的主張發聲，等到這樣的主張真的有可能實現時，這樣的聲音已經不存在了，那要怎麼實現呢？」

「道理是沒錯……但其實也有很多本島人已經認同了日本的統治了，不是嗎？他們的主張就不需要重視了嗎？」

「你認同他們的統治嗎？」

「用問題回答問題有點狡猾耶……」馬場抓了抓頭，見涼子沒有回應，只好繼續說道：「就『臺灣主權未定論』的立場來說的話，日本的確無權佔領臺灣；但是已經過去四十多年了，老實說，目前臺灣社會的穩定與進步有目共睹。即便我不認同，我也不覺得摧毀掉目前享有的和平是件好事。我的意思是說，我不希望有人再因為這樣的事情丟了性命。」

「但是現在因為戰爭的需求，總督府開始宣導本島與內地一視同仁；等戰爭過去之後，我們怎麼知道本島人會不會又變成次等公民？怎麼知道戰爭會不會蔓延到臺灣？」

「誒，妳可不要到外面去講這種話喔，現在這個時節很危險的。」

「現在連主張己見的自由都沒有了嗎？」

「……我只是不希望妳受到傷害而已。」

涼子不再回話了。

他們各自躺在自己的被鋪裡，聽著彼此的呼吸聲。馬場注意到涼子的呼吸慢慢趨緩下來，最後甚至重重呼了一口氣。

「謝謝你。」涼子終於又開了口。

「謝什麼？」

「謝謝你關心我。」

「這有什麼好謝的……妳是我的家後，我當然不希望妳出事。」

涼子輕輕笑了一聲，馬場感到自己的臉頰有些滾燙。過了一陣子，當馬場以為睡前的閒聊時間已經結束時，涼子卻再度開口：

「你覺得，什麼樣的人能被稱作臺灣人？」

「嗯？」

「什麼樣的人能被稱作臺灣人？是出生在臺灣的人？住在臺灣的人？說臺灣話的人？還是愛著臺灣的人？」

「嗯……我覺得倒不一定需要是出生在臺灣的人。住的話，應該是必要條件之一吧？你不住在這邊的話，怎麼能算是臺灣人呢？」

「可是，我們也不住在日本，那我們算不算是日本人呢？」

「……也對。不過，『本島人算不算日本人』可能是個因為不同立場與角度而有不同答案的問題吧？內地人一方面覺得是，一方面又覺得我們低他們一等；本島人一方面覺得不是，一方面又不斷嘗試跟總督府爭取一視同仁的權利。」

「那就跳過『住不住在臺灣』這個條件吧。」

「說臺灣話的人算不算嗎……應該反過來問，不說臺灣話的人就不算是臺灣人嗎？」

「算嗎？」

「比如說，高砂族算不算是臺灣人？他

們可是比我們早在臺灣生活了好幾百年喔！」

涼子突然安靜了下來，過了一會兒才回話。

「你有看過高砂族嗎？」

「……沒有？至少沒看過生蕃，熟蕃的話，現在從外觀來看，也有點難判斷了吧？」

「現在應該沒有生蕃了吧。如果有看到生蕃，應該要趕緊向役所的大人通報。」

馬場躺在床上，在昏暗的臥房中轉頭看向涼子。真奇怪，明明剛剛還在討論臺灣人要如何向總督府抗爭，現在一提到生蕃，涼子卻突然認同起總督府的政策，還要向警察大人通報了？這歪了一邊的面具下到底是什麼？

馬場糊弄了一聲，向涼子道了晚安，結束了睡前的閒聊時間；到底什麼樣的人能被稱作臺灣人，只能懸而未決。

□

水曜日，基隆港上方的天空是役所廳舍水泥牆的顏色。

馬場回到日常的工作事務，在役所開放後於大門口引導洽公民眾；神田持續修剪役所廳舍四周的植栽，並且負責幫廳舍內的虎尾蘭和鵝掌藤澆水。

馬場已經兩天沒看到中村了。

「**中村先生嗎？我沒看到他，不過剛剛橫山先生說他派中村先生出去辦事了。**」神田被問到的時候，這樣告知馬場。

「**中村？你找他要幹嘛？**」馬場跑去問橫山的時候，橫山這樣反問他。

「**啊，不，沒什麼重要的事，就是想說**

今天怎麼沒看到他。」

「我請他出去幫我辦點……買點東西。當然是公務上需要的東西。」

「原來如此。我只是想說今天怎麼沒看到他而已。」

「他剛要進役所的時候剛好被我碰見，我就直接請他去幫我跑一趟了；你那時不在役所大門附近吧？」

「啊，應該是吧。」

「嗯。還有什麼事嗎？」

「沒有、沒有，打擾橫山先生了。」

馬場趁著在休息時巧遇橫山，順口問了對方中村的行蹤；橫山的反應反而讓馬場更加覺得古怪。

那天下午，馬場依照橫山的指示，去文書係室收拾因公務而氾濫的廢紙。他把最後清理出來的廢紙分成兩疊，用麻繩綑綁起來，一隻手提一捆拿出房間；離開前，馬場看到文書係的渡邊公務員抬頭看了他一眼，便禮貌地欠身示意，才走出文書係室。

下了樓，馬場從側門離開役所廳舍，將兩捆廢紙放在污物箱旁的地上，稍微喘了口氣，才走回側門，回到大門口引導洽公民眾的位置上。渡邊這時剛好從大門口走進來，看到馬場，便跟馬場點了點頭。

「嗯？渡邊先生？」

「你好……怎麼了嗎？」

「啊，沒、沒事。」

「怎麼了馬場？振作一點啊！」渡邊用力拍了一下馬場的肩膀。

「是……渡邊先生整個上午都在外面處理事務，也真辛苦。」

「**那有什麼？為了帝國效力，這點事情根本不足掛齒。**」

馬場欠身，渡邊隨口喊了聲「**你也辛苦了**」，就走往通向二樓的樓梯，留下馬場冷汗直流。

金曜日，馬場跟神田一起進行週末前的例行清潔，中村則被須江郡守派去幫忙處理私事。

所謂的每週例行清潔，除了每天都必須要做的整理垃圾污物及地板清掃外，還得使用拖把、依序將各係室的地板拖過，同時還得趁郡守不在的時候，將郡守辦公室從內到外打掃清潔過。

馬場與神田從一樓的警察課開始清潔。在警務係室內，馬場一面仔細將櫃子與地板夾縫中的灰塵清掃出來，一面偷聽著兩位大人的交談。

「**你有聽說最近生蕃的事嗎？**」身材壯碩、繃緊的警察服下可以看到明顯肌肉線條的大人問道。

「**生蕃？喔，你說那個啊……大島，那是真的嗎？**」另一名身材高大、臉型稜角分明的大人回道。

「**難道他們會給我們假消息？**」

「**我怎麼知道……話說回來，這種事情真的有可能嗎？**」

「**你說生蕃出現啊？誰知道。但既然要我們多注意，我們照做就對囉！**」

馬場往前清掃地板，腰彎得有些酸痛，直起背來伸展，剛好與壯碩的大島四目相交。

「**啊，大人。我很快就會掃好了，不好意思。**」

「**是馬場給仕啊！沒問題，做該做的事，沒有人會為難你。那句話是怎麼說的，秋**

元？」

「**大家都是日本人，天皇之下一概平等。**」叫作秋元、高大的大人回道；馬場快速瞥了一眼秋元身上的警察制服，確認了他的階級是警部補。

「**沒錯沒錯！有看到生蕃的話，也記得要通報給我們知道啊！哈哈哈！**」而大島則是巡查。

「**生蕃……**」馬場猶豫了片刻，還是決定開口：「**現在還有生蕃嗎？**」

大島看了秋元一眼，似乎不知道該如何回答；但秋元隨即開口：

「**顯然還有一些不願意文明化、現代化的生蕃躲了起來，直到最近才被總督府察覺了蹤跡。你如果有看到的話，記得要第一時間跟我們通報。**」

「**知道了。**」馬場回道。「**不過……生蕃到底長得什麼樣子呢？要怎麼判斷誰是生蕃呢？**」

「**還能長成什麼樣子？跟我們長得不一樣的就是囉！**」大島帶著輕蔑的口氣回道。

「**生蕃的樣子——**」秋元拍了下大島的肩膀，把話接了過去：「**跟我們的確不一樣；但也不是說什麼米國人、露國人就是生蕃。**」

「**啊……對啦，沒這麼簡單。**」大島抓了抓脖子。秋元接著說：

「**老實說，我們也沒見過真的生蕃。不過……上面給我們的資料說，生蕃身材矮小、皮膚黝黑，穿著材質原始的服飾，例如動物毛皮，並用樹葉、樹皮裝飾，最明顯的特徵是不穿鞋。他們神出鬼沒，雖然普遍躲藏在深山中，但最近在郡內也出現了目擊情報。**

馬場給仕，有看到類似外觀的陌生人，記得向我們通報喔！」

「**啊，沒問題，之後有看到一定馬上通報。**」

馬場向兩位大人欠身，把警務係室的地板清掃完畢後，差一點就要跑著奪門而出。

火曜日，馬場一早來到到役所，就聽到廳舍二樓傳來幾次沉重的撞擊聲，而在一樓值班的大人正呼呼大睡。馬場順著聲音往樓上走，隨即在二樓長廊的末端看到中村。

中村的樣子有些落魄，身上的白洋服已經有些發黃，裸露的手臂與臉龐也沾著汗漬與些許污穢。他低著頭、駝著背站在原地，呼吸急促、胸膛快速起伏；就其所站之處，馬場推測他剛剛試圖把那間禁室的門給撞開。馬場緩緩走向前，輕聲開口問道：

「**中村先生？**」

中村身體一震，帶著驚恐的表情猛然看向馬場。

「**馬……馬場？還有誰？還有誰？**」

「**就我而已，役所還要半個小時才開放。中村先生，你怎麼了？**」

「**沒有？沒有其他人？**」

「**沒有。**」

中村猛然將雙手搭上馬場的肩膀，一把將他抓住，推向禁室門扉。馬場的後腦與背部重重撞上房門，讓他眼冒金星。中村依然刻意壓低自己的聲音，但語氣中的憤怒與絕望再清晰不過：

「門後……到底有什麼？」

「**中村先生……請你放開我。**」馬場被這突如其來的舉動嚇了一跳，但火氣也跟著上來。

「我……我找到……我看到了。」

中村低著頭，緊抓馬場肩膀的雙手漸漸鬆開。

「看到什麼？」

「不是……真的。」

「什麼？」

中村抬起頭來，雙眼中有什麼在燃燒。

「全都不是真的！這個！」中村指向地板；「這個！」指向禁室的門；「這個！」又指向役所的窗戶；「這個！」最後指向了馬場。「你也不是！」

「**中村先生，請你冷靜點。**」

馬場這才確定中村已經失了神智。他提高音量，重新使用日本語來武裝自己，同時慢慢退往樓梯口，希望能及時引起樓下值班大人的注意。

「你別走！」然而中村很快發現了馬場的意圖，他吼道：「你一定知道！快告訴我！」

「**知道什麼？**」馬場扶著眼鏡不再後退，以免激怒中村，但刻意提高音量，希望樓下的大人，或者任何早到的公務員們可以聽見樓上的騷動。

「你在裝什麼？當然是真相！真相啊，馬場！世界的真相！」中村指著禁室的門，「那裡面是什麼？為什麼你看得到我看不到？為什麼我會想不起來……想不起來……」

「**想不起來什麼？**」馬場想要找人來幫忙，同時卻開始感到好奇。中村到底怎麼了？他到底發現了什麼真相？

「等等，不對……我想錯了？你……你不是……」

中村突然露出了錯愕的表情。他看著馬

場，扭曲的臉孔從疑惑、驚訝轉為愧疚、失望而絕望。

「你也……你也是？你也是！」

「**是什麼？**」這次換馬場感到了疑惑。

中村奔向馬場，在馬場還來不及反應前雙手再度搭上他的肩膀，緊抓不放。

「你要小心！」中村講得相當小聲，「不要像我一樣……不要像我一樣笨！別讓別人發現！」

語畢，中村放開馬場，逕自往樓下跑去。馬場一時半刻愣在原地，等想到要追上去，跑到役所大門口時，中村已經消失在視線範圍內了。值班的大人依然在位置上呼呼大睡，什麼都沒發現。

水曜日，橫山一早到了役所就找上馬場，問他最近有沒有看到中村。

「**中村先生？他應該……還沒來上班。**」

「**昨天呢？昨天你有看到他嗎？**」

「**昨天？昨天……呃，沒有。**」

橫山顯得有點不耐煩，「嘖」了一聲，把頭轉向遠方，思考著什麼事情。

「**中村先生怎麼了嗎？**」馬場於是問道。

「**已經好幾天沒來上班啦！你都沒注意到嗎？**」橫山怪罪起馬場，連帶也提高了音量。

「**我以為自己好像都是碰巧與他擦身而過？畢竟中村先生常常離開役所協助公務員們辦事。**」

「**……總之，如果看到中村的話，記得跟一樓的警察通報。**」

「**跟警察通報？**」

「**你沒聽清楚我說的話嗎？**」

「**我的意思是，怎麼不是跟橫山先生您通報呢？**」

「啊……中村沒來上班的這段時間，好像做了一些事情，嗯，做了一些非法的事情！對。所以反而是警察開始找他，我才知道他好幾天沒來上班了。」

「原來如此。」

「所以如果中村出現，你也記得別跟他接觸，趕緊通報，懂了嗎？」

「是的，橫山先生。」

接下來的一整天，馬場當然沒有見到中村。他繼續役所給仕千篇一律的工作，掃地、擦窗、澆水、倒垃圾、引導民眾；橫山還告訴馬場，他得開始承擔中村的部分職責，下午去郡守辦公室整理打掃，明天去購買役所需要的茶葉。

馬場前往位於役所廳舍二樓的郡守辦公室打掃時，須江郡守剛好就在辦公室裡。

「啊！須江郡守您好，我來打掃辦公室。」

「馬場？有什麼事？」

「橫山先生要我打擾郡守辦公室。」

「這樣啊？你請便吧。」

「是的，須江郡守。」

馬場先從辦公室最底部開始掃起，把灰塵、污物往門口的方向聚集；清掃完畢後，再以拖把從裡到外拖過一遍，雖然不至於讓地板閃閃發亮，但至少比稍早乾淨整潔了不少。接下來，馬場還要將郡守辦公室的窗戶也擦過一遍。他先以乾布擦拭窗台與玻璃，接著走出門外清洗拖把，順便沾濕抹布，準備第二輪的擦拭。

快要下樓的時候，庶務係的增田公務員剛好步出庶務係室。

「**馬場，你剛剛在打掃郡守辦公室吧？郡守在裡面嗎？**」

「**增田先生，郡守在辦公室。**」

「**太好了。**」

增田說完，便走向郡守辦公室；待馬場返回該處，敲門進入，增田也還在辦公室內。

「**失禮了。**」馬場拿著沾濕的抹布，向須江郡守欠身，接著徑直走向最近的窗戶。

「**……所以呢？**」須江郡守對馬場點了點頭，繼續與增田未完的對話。

「**所以說，米國與中……支那的公務員將會提早在本月底就前來觀摩。**」增田看了馬場一眼。

「**這麼快？**」原本靠在辦公椅上的郡守聽到渡邊的話，馬上直起了身子。

「**是，因為本島這邊的成果對那邊的人來說相當重要，他們一直在請求提早進行，主任最近才同意，要我馬上向您告知。**」

「**這女人……**」

「**郡守，我們是不是……**」增田刻意更靠近了一點須江郡守，才把後面的話講完，但後者顯然不以為意。

「**他聽不懂的，別擔心。**」

「**是。**」

「**總之，快點把他找回來。有必要的話就請外部的人直接查詢序列，得在那邊的人來之前把事情解決掉，懂了嗎？**」

「**好的，我現在就去辦。**」

增田說完便轉身走出辦公室，出門前還看了馬場一眼，對他點頭示意；馬場也欠身回禮，繼續安靜地擦拭窗戶；郡守則將手肘靠在辦公桌上，將雙手合十，露出思考的表情。不一會，郡守開口道：

「**馬場，你最近沒看到中村吧？**」

「我嗎？沒有呢。」

「哼……」

「中村先生怎麼了嗎？」

「財務係的橫山應該有跟你說了吧？」

「橫山先生說他做了一些『非法』的事情？」

「原來如此……對，就如他所言，所以有看到中村的話，要第一時間通報警察，懂了嗎？」

「好的，郡守。」

馬場冷靜地將郡守辦公室的窗戶擦拭乾淨，隨後還幫郡守辦公桌上的鵝掌藤澆了點水，才離開郡守辦公室。與此同時，馬場也在腦中整理越來越多的疑問——首先，是自己為什麼看得到禁室中的不知名設備，中村卻看不到？這個問題或許正是引發中村精神異常的原因；其次，是禁室中的少女「昂」究竟是誰？她為什麼來到役所？這個問題大概不是目前最要緊的，然而，兩名大人對於生蕃的描述，明顯就是昂的外觀……這難道就是為什麼她一開始說的語言，馬場聽不懂嗎？最後，是役所中開始不斷出現的怪奇現象，渡邊公務員有辦法同時出現在不同地方、增田公務員講述著不可能發生的事情……日支戰爭去年開打，如今增田卻說支那公務員要來臺灣、要來基隆「觀摩」？實在令馬場感到匪夷所思。

金曜日，馬場在完成了一整天的勤務後準備返家。這天，除了原本的工作外，馬場也繼續負擔中村之前的業務，得離開役所跑到各處去採買物品；除了原本預期的茶葉、茶點外，還有各式各樣公務員們臨時交辦、光怪陸離的採買品項。原本的行程只是下午去石板商會補點焙茶茶葉，結果橫山在馬場臨行前喊住了他，說役所內的煤炭存量可能會在下個月曜日用完，多交代他去松井商店買些煤炭回來。結果因為這樣的耽擱，馬場在離開役所前又多遇到了要他幫忙去是枝商會買菸的松井公務員，以及要他去井手商店多買幾副茶具的增田公務員。等到馬場扛著採買的物品回到役所時，太陽都快要下山了。

他先把扛著的煤炭收納到一樓的庫房中，接著將雙手清潔乾淨後，再把茶葉與新買的茶具送到茶水間；神田正準備下班，兩人閒聊了幾句，神田才離開役所。最後，馬場才把買好的菸放到已經離開的松井桌上。

馬場決定在離開前跟橫山打聲招呼，於是前往二樓的財務係室；然而橫山公務員早已下班，財務係室內空無一人。馬場悻悻然回到一樓，也準備下班回家。他向值班的大人行禮，道聲辛苦了，對方只輕哼了一聲。

才剛出了役所大門，馬場就看到秋元跟大島兩名大人拖拉著一個雙腳發軟的人走了過來。馬場對他們欠身，盯著被兩人扛著的傢伙。

「**啊，馬場，下班了嗎？辛苦了。**」先看到馬場並開口的是秋元警部補。

「**是，兩位也辛苦了。**」

「**嘿嘿，馬場真好啊，這麼早就可以回家陪妻子啦？我們可還要為了這混帳加班呢！**」接著開口的是大島巡查。

馬場世故地露出抱歉的眼神，再度對兩人欠身。

「**兩位大人押著的是？**」

「**怎麼，你看不出來嗎？**」大島的表情帶著嘲諷。

「**大島！**」秋元的聲音並未提高，但訓斥的意味明顯，讓大島跟馬場都嚇了一跳。

「**哈哈……不是啦，你看，他不就是這陣子在郡內讓民眾人心惶惶的那個瘋子嗎？所以我想說，馬場應該看得出來啦……**」

原來如此，是那個瘋子啊！馬場整理自己的記憶，才想起最近郡上鬧得沸沸揚揚的新聞，是有個不知道哪裡冒出來的瘋子，開始在郡上出沒；晚上會跑進休息的料亭偷吃東西、闖入關門的商行破壞商品，然後在不同的街道上騷擾甚至攻擊晚歸、落單的郡民。報導呼籲民眾在夜晚結伴成行，並勸誡大眾非必要別前往人跡罕至的地方。

「**原來是他，能夠逮到這樣的人，真是辛苦兩位了。**」

「**沒什麼，這本來就是我們分內的事。**」

秋元帶著微笑說罷，便要拉著那瘋子進入役所；然而，原本低著頭不動的瘋子，此時突然將頭抬起，雙眼帶著驚恐，瞪著馬場，氣若游絲地說道：

「我……我不是啊！我不是啊……救命！」

大島往瘋子的腹部揍了一拳，讓他安靜下來。秋元對馬場點頭示意，兩個大人就這樣拉走了那名瘋子。馬場站在原地，連頭都不敢轉，卻感覺到基隆的雨又開始下了。

那瘋子跟中村長得一模一樣。

第三章

潰變

馬場忠明確感覺到自己的正常生活正在逐漸崩解。

在這之前，馬場一直覺得過著普通、平凡，甚至無趣的生活，並沒有什麼不好；他的人生不需要經歷戰艦燃燒、射線閃爍的精彩時刻，只要能活得平平安安、快快樂樂就好。然而如今，他感到身後有一團巨大的黑影逐漸向他逼近。

當天晚上回到家，馬場再度決定別將役所發生的事情告訴涼子。馬場慢慢認識到涼子是個頗有主見，或許甚至在政治理念上有些激進的人；如果知道中村的遭遇與下場，涼子不知道會不會跑去役所給長官們眼色。此時的情況跟當時可是有很大的差距，中村被大人給抓起來後，也不知道發生了什麼事……真的要跟涼子說的話，或許還是在確認中村的下場後比較保險——所以當晚在家，馬場只與涼子聊到了役所工作的繁重。

「是今天突然工作加重了，還是近期一直都很繁重呢？」

「啊……算是今天開始吧。橫山先生之前有跟我說過要開始增加工作內容。」

「為什麼會突然增加工作量呢？」

唉呀，結果又繞回中村的話題了。馬場在心裡暗叫不妙。

「為什麼喔……」他拿起湯碗，藉由味噌汁來拖延時間，腦袋飛快地打轉。「嗯……為什麼？要說為什麼的話，給仕每天的工作量都不固定，除了每天都要做的打掃清潔、接待勤務外，當天有什麼工作需要額外處理，也是挺常發生的。」

「但你剛剛說橫山有事先告知你要增加

工作量啊？」

「對、對啦。偶爾也是會事先告知的，不會當天才知道。」

「這樣啊？」涼子露出了面具般的微笑。

隔天一早，馬場戰戰兢兢地前往役所。

神田比馬場早到，看到馬場便馬上欠身道早。

「早安，馬場先生。」

「早啊，神田。」

兩人如同往常般，開始每天一早在役所的例行公事——神田負責開啟役所廳舍的窗戶，馬場拿取柴薪，為火爐生火，接著一起將一樓門窗擦拭乾淨，兩人再一同前往役所各係室清理垃圾。彼此無言地從保安衛生係室開始確認，在經過警務係室、司法係室後，馬場終於在二樓的文書係室裡忍不住開口了。

「神田，你最近有見到中村先生嗎？」

「中村先生嗎？」

「對啊，我……我好幾天沒看到他了，不知道是請了長假，還是發生了什麼事？」

「啊……原來如此。」

神田繼續沉默地檢查昨天殘留的垃圾，來到庶務係室後，才又開口說道：

「中村先生……啊，不好意思，馬場先生，不過，可能是我記性不好，這個，就是說……你說的這位中村先生，是哪個係室的公務員呢？」

「嗯？神田，你還沒睡醒嗎？還哪個係室的公務員……」

「啊，抱歉，馬場先生……可能我真的沒睡醒吧，哈哈。」

馬場彎腰檢查著庶務係室角落的垃圾桶，此時也忍不住抬頭看著神田。

「要說中村先生，當然是跟我們一樣身為役所給仕的中村先生啊！」

神田也站直身子看著馬場，臉上露出有些困惑與尷尬的表情。

「馬場先生……郡役所的給仕，不是一直都只有我們兩個嗎？」

「**什麼？**」馬場的心臟跳得飛快，不可思議地瞪著神田。

「啊，不是，這個……這個中村先生，是今天會來上工的新給仕的意思？」

馬場走向神田，抓著他的肩膀，壓低自己的聲音，表情猙獰令神田不自覺地顫抖。

「你是認真的？你從來不認識中村？」

「馬……馬場先生？」

「快說！」

「認真的！認真的！我不認識什麼中村先生啊！」

馬場放開神田的肩膀，將滑下來的眼鏡推回原處，但眼睛仍然死盯著對方。一片混亂的內心中，依然有一個試圖讓自己明哲保身的聲音在警告馬場；於是馬場再度開口：

「好……好，你不認識中村先生，我也不認識，我沒有問過你中村先生的事，有人問你的話，你不知道，我也不知道，懂嗎？」

「……你不認識中村先生？」

「對啊。」馬場已經往回走向原本的垃圾桶。

「誰是中村先生？我不認識。」

□

世界的規則正被莫名修改。

接下來將近一個月的時間，馬場過得戰

戰兢兢。他絕口不提對中村遭遇的疑惑，就連在家也不會對涼子提及此事；神田開始刻意在役所裡迴避馬場，後者覺得只要神田不把那天早上的事情告訴別人，那麼隨便他要怎麼想、怎麼做都無所謂。

然而世界的規則不斷改變。

馬場與涼子在家中過了個簡單的農曆年。雖然總督府對於本島人過農曆年的習俗總是睜一隻眼閉一隻眼，但自從馬場成為郡役所的給仕後，對於總督府的要求，總是會更加看重一點，這幾年馬場家過農曆年的方式，也因此越來越儉樸。大多數的日子裡，涼子很少抱怨；可是今年的農曆除夕，她的面具又暫時收了起來。

「他們就是這樣把我們的文化消滅掉的。」

「嗯……有到這麼誇張嗎？」馬場對此其實沒有認真思考過，他比較擔心的，是涼子最近對於總督府的看法越來越激進。

「沒有嗎？禁止我們的語言、禁止我們的節慶，實際上就是在禁止我們思考。他們努力要我們成為日本人，同時卻透過政治手段讓我們成為次等人；你不覺得矛盾嗎？」

「要說矛盾的話，當然是矛盾的；但這些矛盾早就存在幾十年了，現在的我們又能做什麼？」

「當然有很多可以做的。」

「我是說，在能夠保全自己與旁人的前提下。」

「現在當然不可能示威抗議，我也沒有要去無差別攻擊內地人，更沒有能力寫出什麼激勵人心、引人思考的文章來反抗總督府……但我們還有可以做的。」

「除此之外，別忘了日支戰爭也開打了。現在本島人要敢有什麼大動作的話，即便不是推翻總督府之類的意圖，可能也會受到嚴重處分的。」馬場的腦海中浮現的是那天晚上中村的臉孔。

「我沒有想要推翻總督府。老實說，我不覺得這是可能的。不過，我們還是有可以做的事；比如說繼續維持我們的文化傳統，比如說記得自己是臺灣人。」

「喔，原來如此。」

所以到了元宵節那天，馬場與涼子在家中默默煮了點鹹湯圓來慶祝。糯米是涼子上週先買好的，免得近了元宵節才去採買，讓街坊鄰居或市場上的熟人閒言閒語；把糯米泡水後磨成粉，再加水搓揉並切成小塊，搓成圓形就成為了湯圓。加入元宵節當天買的青菜、豬肉末與一點食鹽，就煮出了簡單的鹹湯圓。

吃湯圓的時候，涼子哭了。馬場不知道該說什麼，只能放下碗筷，抱住她、輕撫她的肩頭。

當晚，兩人躺在床鋪上，涼子又提到了「什麼樣的人能被稱作臺灣人」的話題。

「我覺得，我們可能要先定義什麼是『臺灣人』。」馬場沉默了許久，才勉強擠出這句話。

「定義什麼是『臺灣人』？」

「對啊，如果我們不知道什麼是臺灣人，又怎麼會知道哪些人能被歸類為臺灣人呢？反過來說，在定義臺灣人的同時，也就知道誰是臺灣人了吧。」

涼子陷入了長久的沉默，久到馬場都以為她已經睡著了時，才開口道：

「好。」

「好？」

「就來定義吧。你上次說住在臺灣是必要條件之一，然後說臺灣話算不算呢？」

「嗯……我記得我說的是『先跳過住不住在臺灣』這個條件；至於臺灣話，我覺得是條件之一，但不是必要條件。」

「什麼意思？」

「就是說，臺灣話或許是判斷是否是臺灣人的條件，但不是必要的。比如說，講客家話的人也住臺灣，他們是不是臺灣人？或者上次說的高砂族，他們也不講臺灣話啊，但難道他們不是臺灣人？」

「所以，語言不能作為判斷臺灣人的條件囉？」

「我覺得是可以，但不能是唯一條件，也不能只以一種語言作為判斷標準；在『臺灣人』的情況下，臺灣人可以是講臺灣話的人，但也可能是講客家話、高砂語的人。」

「或者講日本語、但住在臺灣的人？」

「這樣就又回到本島人跟內地人差異的問題上了。」

「或許差異在於身分認同？內地人當然不會覺得自己是臺灣人；他們是日本人。但本島人呢？」

「現在大概也有不少本島人會認為自己是日本人吧。」

「你呢？」

「嗯？」

「你認為自己是臺灣人還是日本人？」

馬場沉默。他從來沒有認真想過這個問題。更準確地說，應該是馬場刻意避免自己去認真思考這個問題。從馬場出生至今，臺灣一直都是大日本帝國的領土，所以理論上來說，他一直都是日本人；然而，從生活在這塊土地上的經驗來說，所謂的本島人跟日本人似乎又有了些距離。他的回答緩慢而猶豫：

「嗯……不能同時是臺灣人也是日本人嗎？」

「現在換你用問題回答問題了。」

馬場發出笑聲，隨即陷入沉默；涼子也沉默了許久，才開口回答：

「現在或許可以，但我感覺只能從中選擇一個認同的那天已經不遠了。」

「或許……」馬場講得躊躇，「或許我會認同自己是臺灣人多一點吧，如果那天到來的話。」

他聽到涼子在黑暗中鬆了口氣的嘆息，露出微笑。

「那妳覺得什麼是臺灣人呢？」

「我？」

「對啊，問了我這麼多問題，總該分享一點自己的看法吧？」

涼子也笑出了聲來。

「我覺得啊……首先，當然是認同臺灣的人。」

「認同臺灣？」

「嗯。將臺灣視為主體，不依附在日本或其他國家之下，是具有同等主權位階之地；以臺灣自身的利益為優先、尊重臺灣自身的文化與語言傳統，並且在必要時刻願意為了臺灣而付出犧牲的人。」

「喔……看來妳都已經想好了。」

「你想說什麼『主婦平常在家裡閒閒沒事想東想西』之類的話嗎？」

「我可什麼都沒說。」

「想也不行。」

馬場輕笑了幾聲，然後又陷入沉默。

「怎麼了？」

「嗯……我在想說，帝國已經統治臺灣四十多年了，那日本的文化跟語言，是不是也已經算是臺灣自身的文化跟語言傳統了呢？」

涼子沒有回話。

□

隔天早上，當馬場在役所大門前一如既往地引導洽公民眾時，橫山向他走來。

「馬場，郡守先生找你，他在辦公室等著。」

「找我？」

「沒錯，找你。」

「呃，橫山先生知道郡守先生找我的原因嗎？」

「不清楚。你沒做什麼奇怪的事吧？」

「……沒有。」

「那就不用緊張。」

「是。」

敲門之後，馬場走進郡守辦公室，看到須江郡守就坐在那張巨大的辦公桌後；小林躋造的半身照就掛在郡守身後的牆上。

「啊，馬場。過來坐吧。」

「是，須江郡守。」雖然橫山有事先安撫他，到了郡守辦公室，馬場還是不自覺地開始緊張；等到坐在辦公桌前的椅子上後，他才發覺他剛剛是同手同腳走路。

須江郡守正在修剪桌上的綠莧草。馬場感覺在位子上坐了許久，郡守都沒有開口，注意力全在綠莧草上，使得馬場不得不主動出擊。

「……郡守先生，請問找我有什麼事

嗎？」

須江郡守抬頭看了一眼馬場，似乎現在才想起叫馬場來的原因，放下剪刀，還輕咳了兩聲才開口：

「那個……後天有幾個外賓要來郡役所參觀，他們想訪問你跟神田。」

「外賓？」

「對，從米國跟中國來的。」

「中國？是支那嗎？」

「啊，支那……嗯，支那。」

「須江郡守，我們去年不是跟支那開戰了嗎？怎麼還會有從那裡來的外賓？」

「誒？啊……這個……不是、不是支那啦，不是。」

「不是支那？」

「對，是那個滿……什麼？啊，滿洲國啦！對，是來自大滿洲帝國的外賓。」

「原來如此。來自米國跟大滿洲帝國的外賓。」

「對，來自米國跟大滿洲帝國的外賓。」

「抱歉，郡守先生，請問他們來郡役所參訪的原因是什麼？又為何要訪問我們給仕呢？」

「誒？參訪的原因？啊……這個，是這樣的，就是說，他們想來確認。」

「確認？」

「嗯，對。」

「確認什麼？」

「啊，對對對，他們想來確認本島人跟內地人一同為總督府做事的情況。你懂的，作為帝國的殖民地。」

「原來如此。」

「所以大概他們是想透過你們，瞭解本島人在役所工作的情況吧？」

「我知道了。」

「那就麻煩你了，然後也把這件事轉達給神田吧。」

「沒問題。那我……」

「啊，對了，還有件事。」

「是，郡守先生。」

「改個名吧。」

「是？」

「啊……該怎麼說呢？總督府那邊前陣子在查閱各役所的員工名單，總結下來，似乎對於本島員工改姓的成效不太滿意。」

「不太滿意？據我所知，我們郡役所的所有本島員工都有改姓。」

「對。不過，高層似乎有些人覺得改姓不夠。就像你，基本上只是在姓名裡多加了一個字而已吧？」

「是沒錯。」

「嗯。」須江郡守拉開辦公桌的其中一個抽屜，拿出一本冊子，快速翻了幾頁，「『馬忠，於昭和十二年十一月改名馬場忠。』」

馬場沒有回話。

「所以說——」郡守只好主動開口，「總督府那邊有些人在懷疑，你這個『忠』的對象到底是誰呢？」

「抱歉，郡守先生，我不太懂你的意思。」

「那我直說了。馬場，把名字的『忠』改成『心』吧。」

「原來如此。」

「嗯，總督府現在需要的不是你『對中國忠心』，懂了吧？」

本來還想反駁些什麼，但馬場很快判定現在不論多說什麼，都無濟於事，甚至可能會造成日後工作上的麻煩。

「……我知道了。」

「嗯，那就這樣了。」

馬場轉身前，抬頭多看了一眼小林躋造的半身照，努力不讓心中的憤恨難平表露在臉上。

那天晚上，馬場已經平復好了自己的情緒，但仍得面對涼子的不悅。他在餐桌上告知涼子郡守的要求，以及在當時的情況下，他如何不得不直接前往文書係室辦理改名事宜；所以，如今在涼子面前的人已經不是馬場忠，而是馬場心了。

涼子把筷子放下，不可置信地看著馬場；馬場端著碗，無話可說。

兩人就這樣彼此互視，直到馬場緩緩開口：

「我覺得……我好像懂妳的想法了。」

「什麼想法？」

「就是，為什麼我們要當個臺灣人，而不是日本人，也不是本島人。」

涼子哭了。她重新拿起筷子，跟馬場一起繼續用餐。

□

兩天後，大滿洲帝國與米國的訪客到來。一早，須江郡守、橫山、渡邊，以及警察課的許多大人們都聚集到役所廳舍大門前，迎接一共四人的參訪團。馬場與神田知道參訪結束後訪客想要親自訪問他們，所以也身處隊列的最後方，一方面表示歡迎，一方面也想第一時間知道訪客的樣貌。

米國的參訪人員是一對男女，男的金髮碧眼、眉清目秀，年紀看起來約二十後半；他穿著典型的三件式黑色西裝，高大英挺，臉上的表情認真而嚴肅，唯獨在與同行的女子溝通時會露出微笑。他的同伴年紀看起來要再大一些，且同樣表情嚴肅；女子的黑髮綁成俐落幹練的馬尾，身上純白的洋裝、毛皮披肩與及肘手套讓她的神情在冬末的雨港蒼穹下更顯冷冽。

大滿洲帝國的兩名參訪員則都是男性，其中身著軍服的男子看起來已經四十好幾，胸前掛著許多色彩繽紛、樣式各異的徽章，另一位差不多年紀的參訪員則穿著米色的三件式西裝，戴著圓框眼鏡，氣質典雅內斂。

從須江郡守開始，列隊歡迎的役所人員們一一向訪客們握手致意。四名訪客臉上帶著笑容，那名身著軍裝的大滿洲帝國訪客甚至對橫山公務員吐了吐舌頭，但後者似乎沒有察覺。

笑容在與馬場、神田握手時收斂了起來，讓馬場有些意外。這四名參訪人員似乎已經事先知道了自己與神田的身分，表現出了不一樣的態度。

「**你好、你好、你好、你好……**」馬場向四人握手，仔細觀察著他們的反應。

米國的兩名訪客戴著面具。一般人可能看不出來，他們的微笑不是出自真心；但馬場看過涼子戴著面具的樣子，也知道她卸下面具的模樣——他們的笑容跟涼子的面具如出一轍。即便如此，兩人的噓寒問暖也還算體面，大滿洲帝國的訪客就不一樣了，對於馬場、神田的輕蔑態度完全彰顯在表情與肢體上。軍人的神情高傲，與馬場握手時，甚至發出了嗤之以鼻的聲音；身穿西裝的滿洲男子則帶著不懷好意的笑容，幾近嘲諷。

相互寒暄後，郡守領著一行四人進入役所廳舍。他向訪客介紹大廳、介紹在櫃臺值班的大人、介紹警察課的各個係室，而後打算上樓繼續介紹二樓庶務課的其他係室；橫山在上樓前交代馬場與神田泡茶，於是兩名給仕離開隊伍，前往一樓的茶水間。

「神田，你有注意到他們的神情嗎？」

「神情嗎？嗯……米國的兩位感覺滿好相處的，大滿洲帝國的那兩位就看起來不太討喜了。」

「豈止不討喜，根本是令人厭惡了吧！」

「哈哈！或許如此。」

「不知道他們等等到底想要問我們什麼？」

「啊，說到這個……馬場先生，等等要進行訪問的時候，能不能請你先進行呢？」

「喔？神田會怕啊？」馬場輕笑了幾聲。

「嘿嘿……主要還是想知道他們會問些什麼，心裡也好有個底。」

馬場用鼻子悶哼了一聲，隨即察覺自己露出了跟大滿洲帝國訪客一樣的表情，趕緊收斂起來。

「可以啊，那就由我先進行訪問吧。」

「太好了，謝謝你，馬場先生。」

「這沒什麼，也算是感謝你之前的幫助。」

「馬場先生太客氣了，我做的都是我分內的事。」

「是嗎……那就好。」

馬場說的「**幫助**」當然是指中村的事。他不知道神田是不是精明過了頭，在馬場都還沒想清楚前，就已經跟中村撇清關係，或者神田熟悉的大人事前警告了他，使得馬場在那時出了洋相？神田有可能跟哪個大人熟識嗎？

沏好茶後，兩人提著托盤，將茶壺、茶杯與郡守事先備好的茶點一同帶往二樓。馬場才剛踩上最後一階樓梯，就看到一行人正站在走廊的末端交頭接耳著。真奇怪，警察課三個係室，須江郡守就講了快要一刻鐘；庶務課有六個係室，結果泡壺茶的時間都還不到，郡守就已經介紹完了；這如果不是郡守偷懶，就是訪客聽得不耐煩了，要郡守跳過介紹吧？

馬場與神田互相交換了眼神，慢慢走向眾人。

「**啊，來了來了，那我們就往會客室移動吧？**」郡守看到給仕走來，隨即向四名訪客說道。

會客室就在郡守辦公室的隔壁，兩個房間還有一扇門相連，是特地為了郡守與來客所設計。畢竟郡守辦公室的空間有限，像這樣人數眾多的參訪團，就不可能全都聚集在郡守辦公室暢談；隔間的用意，興許是訪客的層級不一定需要上達郡守，一般的參訪大概由文書係室的同仁接待即可。如此，會客室與郡守辦公室隔開來，必要時就可以避免打擾郡守。

一行人走進會客室，在郡守的帶領下，一一就坐於室內中央的高級沙發上；圍成方形的沙發中間，是一張低矮的茶几，正好用來置放茶水糕點。馬場與神田在眾人就坐後，把托盤擺到會客室角落的置物台上，將泡好的包種茶倒入茶杯中，才將茶水與茶點端至茶几上，供訪客及在場的公務員們使用。

「**辛苦了，馬場、神田。你們先去忙其他事吧，晚點再請你們過來。**」開口的是橫山。

於是，馬場與神田向眾人欠身，拿著托盤慢慢走出會客室；在馬場把門關上前，他聽到大滿洲帝國軍人開口問道：

「不是有三個人嗎？」

□

神田拿著如雨露※繼續他被指派的日常勤務，馬場也回到役所大門前協助引導民眾洽公。直到將近正午，橫山才前來呼喚馬場。

「馬場，差不多了，到會客室來吧！」

「需要我去叫神田嗎？」

「我去吧，你直接上樓。」

「好的。啊，橫山先生？」

「怎麼了？」

「橫山先生知道這些訪客為什麼要訪問我跟神田嗎？」

「嗯，不就是想瞭解本島人在公家機關工作的情況嗎？」

「原來如此。」

「不用緊張，照實回答就好。」

「是。」

於是馬場上樓，走向長廊底部的會客室，在門口深呼吸兩次，敲門進入。

「啊，你好。是馬場心吧？請坐。」講話的是來自米國的男性，他的日本語講得相當標準，看到馬場進門，便站起身來，指著會客室最靠近門口的沙發，請馬場坐下。

另外三個訪客也都在會客室內，他們坐在遠端的沙發上，大滿洲帝國的軍人看到米國男子起身示意，露出了毫無善意的笑容。

待馬場坐定，男子才繼續說道：

「我們還沒向你自我介紹過吧？我是威廉．K．斯特林，我身旁這位是珍．草薙；我們是一間起源於米國的跨國企業員工，透過米國的在日使館接洽到這次參訪機會，希望瞭解本島人在這裡工作的情況。大滿洲帝國的各位，你們就自己介紹吧？」

「**哼。**」

坐在斯特林對面的軍人翹著二郎腿，發出了不滿而輕蔑的悶哼，另一名大滿洲帝國的參訪員則露出了有些尷尬的笑容。然而，斯特林站著不動，看著發出悶哼的男子。兩人就這樣對峙了一段不短的時間，馬場都要忍不住站出來打圓場時，滿洲國軍人才不情願地緩緩開口：

「**我是瓜爾佳・歐瑟，如你所見，是個軍人；職位階級什麼的就不說了，反正你也不懂。**」

「**顧忠鈴，大滿洲帝國外務局長官直屬特命大使。**」戴著圓框眼鏡的西裝男子說道，同時露出了誇張的微笑。

「**各位好，歡迎來到……基隆。**」馬場遲疑了一下，決定不講出「**歡迎來到臺灣**」這樣可能在立場上有些尷尬的話語。

「**各位的日本語講得真好。**」馬場推了推眼鏡，把話說完。

「**珍是日裔米國人，我的日本語算是跟她學的。**」斯特林露出笑容，看了看草薙；但對方連個微笑都沒有展現給馬場看。

「**我們這邊的話……今年起，日本語也被訂為本國的官方語言，會日語沒什麼稀奇的。**」開口的是顧忠鈴；雖然先前總會帶著那個意有所指的微笑，但馬場覺得他應該是滿洲國參訪團裡比較會看別人臉色的那個人。

「**原來如此。**」

「**嗯，那麼，我們就開始吧？**」

「**好的。**」

「**那麼，首先，咳……**」顧忠鈴從書類用鞄中拿出一疊文件，發給其他參訪人員；接過文件的斯特林與草薙仔細翻閱，歐瑟則在接過文件後，了無興致地隨意翻閱。

米國參訪員迅速瀏覽了文件上的文字，互相交換眼神後，斯特林隨即向顧忠鈴點了點頭；後者於是看向馬場：

「那麼，作為訪談的必要程序，可以麻煩受訪者介紹一下自己嗎？就是姓名、年齡、居住地等簡介即可。」

「好的。我叫馬場，呃……馬場心。現在三十五歲，下個月就要三十六了；家住基隆……家住臺北州基隆郡七堵庄八堵。」

「工作是？」

「是，工作是基隆郡役所給仕。」

「工作內容呢？請盡量詳細。」提出問題的是斯特林。

「工作內容是處理役所內的，呃……雜務。我們會負責廳舍的整潔、洽公民眾的引導接待、內外景觀植物的照料，並協助公務員進行各種勤務；我們也負責協助役所購置各式物品，例如茶葉、柴薪、煤炭這類的。」

「有公務員要求你外出採買役所用品時，幫他們購買私人用品的嗎？」

「……極其少數，並且不影響原先勤務的情況下，是有的。」

「通常他們要求購買的東西是什麼？」歐瑟問道。

「香菸、點心之類的。」

「會要求你購買私人用品的，是本島公務員還是內地公務員？」

馬場往發問者的方向望去，看到的是草薙。

「基本上是內地公務員。」

「基本上？」草薙追問。

真是尖銳的提問，但橫山的確要馬場照實回答對吧？

「老實說，我沒有被本島公務員進行過

類似要求；但神田那邊有沒有被要求過，我不清楚。」

歐瑟又發出了「**哼**」的鼻音，接著問道：

「**那麼，你在基隆郡役所工作多久了？**」

這個問題一被提出，顧忠鈴突然像是被嚇到一般，直起了身子，眼睛緊盯著歐瑟，指著文件的一段文字，用眼神質問著對方；後者兩手一攤，不置可否。

「**呃……多久了……**」馬場開始試圖回憶他第一次來到役所上工的時間，連帶著開始思索他是怎麼得到這份工作的，但……

「**沒關係，想不到就算了，不是什麼重要的問題。**」講話的是斯特林，「**我們進行下一題吧？**」他看著顧忠鈴，向對方點了點頭。

「**啊，對，想不到就算了；那麼——**」顧忠鈴再度提問，試圖把訪談帶回正軌，「**役所給仕的待遇如何？是否符合你的預期？**」

「**役所給仕的月薪是六十円，會在每個月第五天發放上個月的薪水；如果遇到休息日，就會延後至下一個工作日發放。至於是否符合預期……給仕本來就不是什麼需要專業技術的工作，薪水不多是可以理解的；但這樣的薪水也足夠我與妻子一同生活下去，所以，應該可以說是符合預期的。**」

「**既然你提到了妻子，那就來談談家庭吧！除了妻子之外，還有跟其他親人一起生活嗎？**」歐瑟提出了下一個問題。

「**沒有，就只有我跟妻子。**」

「**沒有跟父母同住嗎？**」

「**沒有。父母有自己的生活，他們也有辦法自理，不需要我提供生活所需。**」

「**在這個時代可真是難得啊！**」草薙語帶嘲諷地自言自語道。

「是嗎？涼子……我妻子那邊的父母也是這樣的。」

草薙笑出聲來。

「咳……」顧忠鈴輕咳了幾聲，接著問道，「那麼你和妻子的關係是否融洽呢？」

馬場皺了一下眉頭。

「抱歉，我不知道這個問題跟各位訪問基隆郡役所給仕的目標有什麼關係？」

顧忠鈴轉頭看了一眼其他人，幾個人表現出不置可否的反應。

「所以是不融洽囉？」把話接過去說的是草薙。

「我並沒有這樣說。」

「所以是融洽囉？」

「……」

「是這樣的，馬場先生——」開口的是顧忠鈴，「研究顯示，職場上的工作成效，與員工私下生活狀況有很大相關；我們提出這個問題，絕對不是想要探詢你的隱私，只是想要理解你的工作表現與家庭狀況是否相關。因為，這個，我們到這裡來也不過幾個時間，但其他人對馬場先生的工作態度與績效的讚譽已經不絕於耳了。所以，如果你的家庭狀況和諧融洽，恰好證明了這項研究的結果；我們只是想知道是不是如此而已。」

馬場推了推滑下來的眼鏡，眉頭稍微鬆弛了一些。

「……我與妻子關係融洽。」

「謝謝你，馬場先生。」

「那麼——」顧忠鈴再度開口，「你在基隆郡役所工作期間，是否有遭遇到不公的對待呢？」

「沒有。」

「確定嗎？」這次換成了斯特林開口。

「沒有。不過……我不太確定什麼叫『不公對待』。」

「不公對待——」斯特林解釋道，**「就是同僚、上司基於職位階層、權力關係的不對等，或者同儕壓力造成當事人被迫從事職責以外勤務的情況。」**

馬場眼光向上，思考了一下自己在郡役所的經歷。不消說，這種事情當然時常發生；但要怎麼回答，才不會讓役所內的其他公務員聽聞後不覺得被得罪，才是最重要的。

「我想，我並沒有『被迫』從事職責外的勤務。」

「我瞭解了。」斯特林露出微笑，似乎明白了馬場的顧忌。畢竟這些訪客可能今天下午就會離開馬場的人生，永遠不再出現；但馬場自己可得要面臨訪談之後的後果，直到他離開郡役所給仕的工作。他看向顧忠鈴，示意對方繼續流程。

「接下來……日支戰爭的爆發，是否影響了你在郡役所的工作？」

「這個部分請馬場先生仔細思考。」斯特林補充，**「任何微小的改變都很重要。」**

「最明顯的影響，是我們的名字。」馬場的回答幾乎沒有猶豫。

「講清楚一點。」歐瑟不耐煩的語氣中帶著命令。

「兩天前我還不叫馬場心，而是馬場忠。」

「去『中』嗎……」顧忠鈴自言自語起來。馬場看著他，猜想著對方是不是在思考自己終有一天也會被「去中」。

「我不太確定這是因為日支戰爭爆發，或者只是總督府持續進展的政策方向；但既然改名為『心』是郡守先生特別要求的，我

想這的確影響了我在郡役所的工作。」

斯特林對馬場點了點頭，表達了同情，甚至露出有點欽佩的眼神；的確，先講出這個切身相關，某種程度上卻無關痛癢的問題的話，其他可能更有爭議的行徑或許也就因此被略過不談了。

「**只有這樣嗎？**」顧忠鈴鼓勵馬場講出更多影響。

「**嗯……除了內地公務員更常在役所內討論戰況外，似乎也沒有其他影響了。我知道總督府對於本島經濟支援內地的要求更多了，但那跟役所勤務應該無關？**」馬場如此回道。

「**的確無關。下一題吧——**」發話的是草薙，「**後面的才是重點。**」

「**好。那麼，馬場先生，在日支戰爭中，你支持日本還是支那呢？**」

「**這是什麼問題？**」馬場的怒氣一時之間被激發了出來，這些所謂訪客的意圖未免也太過明顯了，「**我是大日本帝國的國民，你們問這個問題是什麼意思？**」

「**你真的是大日本帝國的國民嗎？**」草薙反問道，嘴角帶著不懷好意的笑容，「**誰知道你們本島人在想什麼？說不定一等帝國疲弱就會從背後捅人一刀啊！連一句簡單的『我支持日本』都沒辦法說出來，反而先質疑提出問題的人，要說心裡沒有鬼我才不信呢！**」

馬場不可置信地看著草薙。這個人明明來自米國，結果講的話好像自己是日本國民一樣，又是怎麼回事？是不認同自己的國家，只認同自己的血統嗎？

「**言下之意，是我個人的意見可以代表所有本島人？如果我今天說我支持大日本帝

國，是否真的就代表所有本島人支持日本？難道我說我不支持，就等同於所有本島人都不支持？」

四名參訪人員不發一語。

「**我要離開了。**」馬場站了起來。

「**坐下。**」歐瑟說道，語氣不帶一絲感情。

「**抱歉，馬場先生——**」斯特林對馬場露出苦笑，「**這場訪談是須江郡守核可的『工作』，假使你離開，將會被視為違反工作要求；正如你剛才所說，給仕是毫無專業的職位，我相信基隆郡役所很快就可以找到下一位替代你的新人。**」

「**坐下吧。**」顧忠鈴用和緩的語氣，帶著那令人厭煩的笑容試圖安撫馬場，「**很快就會結束的。**」

馬場試著想像各種可能性，然而最終只能認分地坐回沙發。

「**雖然我們沒有必要告知——**」斯特林釋出善意，「**但你的確無法代表所有本島人，馬場先生；也因此，這場訪談不是針對你。你也知道，在你之後還有一位給仕等著接受我們的訪問。接下來的幾週，我們還要前往文山、宜蘭、羅東、蘇澳等郡，甚至前往花蓮港廳探訪該地的本島民眾對大日本帝國的態度。**」

見馬場還在猶豫，顧忠鈴也試圖緩頰道：「**馬場先生，我就直說了，我們『不是』須江郡守的人馬，訪談的結果與紀錄也不需要交給他過目，你的回答不會影響到你在這裡的工作；可是不回答，那就讓我們很為難了。**」

馬場嘆了口氣。

「**理論上，作為大日本帝國國民，我勢**

必支持日本；不過，我不喜歡戰爭，所以真要說的話，我兩邊都不支持。」

「『我不喜歡戰爭』是什麼意思？」提出疑問的是葦薙。

「就是字面上的意思。」

「我是說，你怎麼知道你不喜歡戰爭？你有經歷過戰爭嗎？」

「會有人喜歡戰爭的嗎？」

葦薙的表情顯然不服氣，但斯特林對她搖了搖頭，她也就不再追問。

「接下來的問題是最重要的，希望你認真思考後，照實回答。」顧忠鈴說：「請問馬場先生，你的身分認同為何？」

「身分認同？」

「對，身分認同。」歐瑟笑著，「事已至此，你也不用裝作不懂我們的意圖了。要問的就是你，馬場，覺得自己是日本人還是臺灣人？」

馬場忍受不住，終於也笑了出來：

「怎麼，只有日本跟臺灣的選項嗎？要是我認為自己是支那人怎麼辦？」

這突如其來的第三個選項，讓在場四名訪客面面相覷，也讓馬場更加肆無忌憚。

「有這麼不可思議嗎？在場就有認為自己是日本人的米國人不是嗎？還有很樂於做日本人的滿人呢！那麼，一個出生在日本統治下臺灣的人認同支那，又有什麼奇怪的？」

「所以，你的身分認同是中……支那人？」

「我只是提出這個可能性而已。如果你們的問題只提供了兩個選項，就難保無法獲得受訪者真正的想法。」

「那請馬場先生告訴我們你真正的想法。」顧忠鈴面帶微笑，馬場卻已經聽得出來語氣中的不耐煩。

「**我的身分認同當然不是支那，那可是我們正在打仗的敵國。**」

「**所以是日本？**」歐瑟的語氣明顯帶著失望。

馬場沒有回答。

「**那就是臺灣，沒有其他的選項了。**」斯特林說。

沉默了許久，馬場才緩緩開口：

「**老實說，我不知道。**」

訪客們你看我、我看你，對於這個答案顯得不知所措。馬場有種不明所以的激動心情，想要藉著這樣的機會抒發出來。

「**直到最近，我才開始思考這種事情；過去的我就只是過自己的生活而已。不管身分認同是日本人、臺灣人還是支那人，都改變不了我活在大日本帝國統治之下的事實。**」

「**但你有思想上的自由。**」顧忠鈴說。

「**思想上的自由有什麼意義？要在現實與認同上創造出隔閡，不如從一開始就不去思考這樣的事情。現狀與理想的差異只會讓人痛苦，除此之外的人生已經夠痛苦了，何必為自己多增加一份負擔？**」

「**所以你……既不認同日本，也不認同臺灣？**」斯特林問道。

「**我想，這樣講不夠精準。我認同土地、認同基隆、認同這座島嶼是我的家我的鄉；但我認為我是臺灣人嗎？我不知道，或者說不確定——畢竟，什麼是臺灣人？**」

「**不就是認同臺灣的人嗎？**」草薙說。

「**內地人肯定也是認同臺灣的人，但他們的認同跟本島人的認同一樣嗎？**」馬場回道，「**內地人的認同是『臺灣是日本人的臺灣』，本島人也是這樣的認同嗎？或者難道**

說，日本人也都認同自己是臺灣人嗎？」

「**我的意思是——**」草薙不耐煩地說道，「**身分認同是臺灣人的人，就是將臺灣視為主體，不依附在大日本帝國或其他國家之下，是具有同等主權位階的地方；以臺灣自身的利益為優先、尊重臺灣自身的文化與語言傳統，並且在必要時刻願意為了臺灣而付出犧牲的人。**」

馬場的眉頭深鎖。

斯特林湊近草薙，在她耳邊小聲說了幾句話；後者點了點頭，於是斯特林對馬場說道：

「**馬場先生，所以你的回答是『我不知道』，對嗎？**」

「**對。**」

顧忠鈴似乎還想說些什麼，但斯特林對他搖了搖頭。

「**那就這樣。謝謝你的配合，馬場先生。**」斯特林起身，示意馬場離席。

馬場站起來，看向在場四名訪客，思考著這段訪談接下來會為自己帶來多少麻煩。

理論上，作為郡役所的員工，離去前向訪客致意是基本禮儀。但馬場決定什麼話都不說，轉身就往門口走去。

「**出去的時候——**」開口的是歐瑟，「**叫下一位給仕進來。**」

馬場不發一語地將門甩上，就在門口的神田嚇了一跳。

「**馬場先生，你還好嗎？**」神田看來有些緊張。

「**這些人不懷好意，你要小心。**」馬場的表情凝重，但能給神田的建議也只有這樣。

「**不懷好意？**」

「**總之，你自己多注意，別被他們套話。**

準備好就進去吧！」

語畢，馬場便快步走下樓梯。

□

下班之前，馬場都沒有再見過那四名訪客。回家的路上，馬場陰著臉——這陣子在役所發生的種種怪異事件實在壓得自己喘不過氣來，雖然告訴涼子，對方也無法幫他解決這些問題，但有個人能夠分擔、舒緩內心的壓力與困惑，或許是件好事；更何況，馬場也已經跟涼子約定好了，要在晚餐時間跟她講講工作上發生的事。

但馬場有種不太對勁的感覺。正確說來，不對勁的感覺這陣子一直都有，但白天的訪談中，馬場感覺自己遺漏了什麼重要的線索，足以讓他把一切都拼湊起來：昂的突然出現，跟什麼關於「母親」的事；會瞬間移動的渡邊公務員，還有大人口中的生蕃；中村的脫序行為，以及消失在所有人記憶的狀況；最後是莫名來訪的米國人與滿洲人，和他們失禮又一針見血的訪談……這個馬場還沒察覺到的線索，足以把所有這些混亂而各自獨立的事件，縫製成一幅解釋一切的真相。

當天晚餐的主角是肉臊湯麵。涼子親自調理的肉臊，配上白天在市場上現買現做的麵條，以及同樣加上肉臊的燙青菜，對馬場家來說算是相當豐富的一餐。然而馬場感到五味雜陳，畢竟這代表了涼子今天心情不錯，但他要講述的工作遭遇，很可能會壞了涼子的心情。

「**我開動了。**」

馬場打算先好好享受一下涼子的手藝，再來搞砸一切。他先喝了一口肉臊湯麵的湯，感受涼子花費時間用豬骨熬製出來的精華，再吸了一大口參雜了肉臊的麵條，讓坐在餐桌對面的涼子忍不住露出微笑。

「肉臊不夠的話廚房還有，需要我再幫你加。」涼子笑道。

馬場點點頭，繼續享用晚餐。

「今天役所有發生什麼事嗎？」結果是涼子先主動詢問了起來。

「嗯……」馬場放下碗筷，「發生了不少事情。」

涼子感受到馬場的語氣，於是也把碗筷放下。

「妳記得我們郡役所有幾個給仕嗎？」馬場以這樣的問題開場。

「幾個給仕？喔……三個還兩個去了？」

「原本是三個，現在變成了兩個。」

「……什麼意思？」涼子的臉突然沉了下來。

「中村……就是之前那個李仔伯，妳還記得嗎？」

涼子搖了搖頭，又開始折起手指。

「就是那個每次都在偷懶的給仕，我跟妳講過好幾次的。他前陣子好像發了瘋似的，先是好幾天沒來役所工作，後來又偷偷闖入役所，不知道想找些什麼。」

「偷偷闖入役所？」

「嗯。我到郡役所的時候，門口值班的大人剛好在打瞌睡，上了樓就發現中村在，呃……在幾個房間門口徘徊。」對於跟昂的遭遇，馬場還沒有準備好告訴涼子，也因此不打算把那間奇怪房間的事情告訴她。

「竟然有值班的大人在打瞌睡啊……」涼子小聲自言自語道。

「那不是重點。重點是過了沒幾天，中村就被當成瘋子抓起來了，抓他的大人還說他就是前陣子讓郡內風聲鶴唳的瘋子。接著，役所內的所有人就突然都不認識中村了。」

「但是你記得？」

「對啊，發生了這種事，怎麼可能不記得？我想大家可能是故意裝作不記得這個人的，一方面因為他就在郡役所工作，追究起來可能會很麻煩，一不小心就會變得郡役所自己也有責任；另一方面也是大家都想明哲保身，不想再跟中村牽扯上關係，免得到時候波及到自己。」

「所以你問過役所內的其他人，比如說另外一個給仕，他也不記得這個中村？」

「嗯，神田說他不記得有這個人；他雖然看起來懦弱怕事，倒是挺會保護自己的。」馬場笑道。但涼子的臉色還是不太好看。

「馬忠，如果其他人都裝作不記得他的話，你最好也不要到處跟別人說你還記得。」

「這我當然知道，我沒那麼笨的。」

「……你別讓我擔心。」

「沒事的，妳放心。雖然這陣子莫名其妙的事情一大堆，但我一個小小給仕，應該不會波及到我這邊啦！」

「除了這件事，還有其他事莫名其妙啊？」

「嗯……這一年才剛開始沒多久，感覺就已經很不好過了。」

「跟我說吧，別悶在心裡。」

「今天有幾個從米國跟滿洲國來役所拜訪的訪客。」

「從米國跟大滿洲帝國？真稀奇。」

「結果不知道為什麼，他們想採訪我跟神田；就是另一名給仕。」

「為什麼？」

「我一開始也不知道，後來才發現他們

好像想調查役所裡本島人對總督府的態度。」

「什麼意思？是問了你什麼奇怪的問題嗎？」

「對。原本問役所工作狀況問得好好的，結果不知道為什麼卻問到了我們的夫妻關係上。」

涼子的臉又更陰沉了，馬場趕緊安撫她：

「我直接反問他們這跟役所工作有什麼關係；他們找了個莫名其妙的理由來搪塞，不過我也沒跟他們說什麼他們不該知道的事情啦……」

涼子抬頭看著馬場，露出釋懷與感激的、面具般的微笑。馬場繼續講下去：

「最後，他們還問我的身分認同是什麼，整個訪談亂七八糟的，根本不知道在做什麼。」

「那你怎麼回答呢？」

「我說我不知道。」

「你……你不知道？」

涼子的表情透露了她的內心，那副面具早已被丟到九霄雲外去了。困惑、羞愧、惱怒等各式各樣的情緒一時之間都浮現在涼子的臉上，讓馬場也嚇了一跳。

「妳幹嘛這麼激動啦……想也知道我不可能對他們說真話啊！他們這樣問，又是在郡役所內，我沒有直接說我是日本人就很好了，怎麼可能跟他們說我認為自己是臺灣人，不是本島人？」

涼子的頭低了下來，好像對自己的反應也有點不好意思。馬場見她許久沒有說話，便慢慢把碗筷拿起來繼續用餐。片刻，涼子也動起了碗筷：

「李仔伯的事情，你要記得別再跟其他人提起。」

「我知道。」

「如果再遇上什麼莫名其妙的事，也要記得跟我說，我們一起想辦法；別等事情結束了才告訴我，好嗎？」

「……好啦。」

兩人安靜地用餐，不再對話。

□

接下來的幾天，馬場照常進行役所的工作，卻發現役所廳舍內的氣氛越來越不對勁。

以往除了值班的大人，最早到役所的不是馬場就是神田，前天他到役所後，幾名往常總在下午才會出現的大人卻沒多久就走進了役所；昨天，馬場還沒走到役所廳舍的大門前，就看到了橫山公務員走在他前面；今天，馬場在一樓生好火、滾了熱水、上了二樓，才發現須江郡守已經在辦公室內了。

除此之外，雖然沒有表現得很刻意，但馬場也發現內地公務員們開始躲避自己。所謂的躲避，並非是這些內地人看到馬場就轉身跑掉，而是馬場在他們附近時，他們便停止交談。昨天，馬場幫郡守泡好了茶，上樓前往郡守辦公室時，渡邊與松井公務員正站在廊道上討論著什麼；一見到馬場，兩人隨即停止對話，往自己的係室走去。當天下午，橫山向馬場交代額外的勤務；當任務完成，馬場要向對方報告時，才剛走進財務係室，係室內的公務員全都停止了交談，看著馬場。

接近黃昏時，橫山找到馬場，跟他說須江郡守找他。

果然還是因為外國人前來郡役所時的訪談，使得馬場惹上了一些麻煩吧？更麻煩的是，假使只是訓個話，那交給橫山公務員就好了；如果是郡守親自「接見」馬場，那情況就嚴重了。馬場敲了郡守辦公室的房門，進入房間，看到郡守站在辦公桌前，端詳著牆上的小林躋造，好一會兒才發現馬場已經進來了。

「**馬場，坐吧。**」

馬場在辦公桌前的椅子上坐下，但須江郡守依然站著。

「**馬場，郡役所最近發生了不少事啊！**」

「**是嗎，郡守先生？**」

郡守將眼光從小林躋造身上移開，居高臨下地看著馬場：

「**是的，馬場。我們得好好談談。**」

「**……好的，郡守先生。**」馬場在椅子上不安地挪動身軀。

「**唉！這個，日支戰爭開打後的現在，總督府對於本島的管控一定會越來越嚴謹，任何風吹草動都會讓總督府緊張的。你懂嗎？**」

「**我想我懂，郡守先生。**」

「**你知道，我上任基隆郡守沒多久；帝國的未來與本島的局勢，對我來說都比不上基隆的安泰。你最近的行為，正在破壞基隆的安泰。你懂嗎？**」

「**呃……郡守先生指的是哪些行為呢？**」

須江郡守輕笑了兩聲：

「**馬場，現在是動盪的時代啊！郡內三不五時就有怪事發生，不知哪來的瘋子流浪到郡內，滋擾民眾。在我的任內，這樣的事情我是不允許的，所以那些瘋子很快就會被警察抓起來。你懂嗎？**」

馬場沒有回話。

「**好好做你給仕的工作、好好當帝國的國民，基隆欣欣向榮，瘋子就不會亂跑進基隆，警察們也就不需要出動。**」

果然是訪談之後，參訪員將訪談的內容洩漏給郡役所的某人了吧？是第一眼見到橫山公務員就對他擠眉弄眼的瓜爾佳．歐瑟嗎？還是在訪談過程中處處針對馬場的珍．草薙？或者，是笑裡藏刀的顧忠鈴？總不可能是那個威廉．斯特林吧？

不，現在不是猜測誰是告密者的時候。

須江郡守的這段話，是在暗示馬場什麼嗎？馬場不由得想到了中村的下場，抬頭看向須江郡守，眼中有一絲恐懼，同時也有一分憤怒。

郡守看著馬場，嘴角上揚。

「**給仕的工作不輕鬆吧？給料說起來也不多，能維持你與你妻子的生活應該就很不容易了……如果你有個三長兩短，你的妻子要怎麼辦呢？**」

在郡守開口之後低下頭的馬場，聽到了這句話，猛然抬起頭來。現在難道不只要威脅自己，連與此無關的涼子都要拿來作為籌碼了嗎？馬場的恐懼幾乎全然轉化成了憤怒。

「**郡守先生，此事跟我妻子有什麼關係？**」馬場一面站起身來，一面問道。

須江郡守往後退了一步，笑容也已經從臉上消失。

「**我、我沒說這跟她有關係，只是說你如果出了什麼事，她生活上肯定會出現麻煩的，不是嗎？**」

這句話有說等於沒說，更令馬場感到不悅。

「**我的妻子不是個手無縛雞之力的人，她是個有主見、懂是非的臺灣人。郡守先生，不懂的人、不熟悉的事請不要拿來說嘴，我的妻子沒那麼脆弱。**」

講出「**臺灣人**」的那個瞬間，馬場就已經後悔了。但他卻發現須江郡守竟然露出了微微笑容。這讓馬場有種受辱的感覺，他緊握拳頭。

「你覺得這很好笑嗎，郡守先生？」

「啊，不是不是……」

「羞辱本島人讓你很開心嗎，郡守先生？」

須江郡守的微笑又收斂了起來。

「作為一名給仕，你的語氣不太禮貌啊，馬場。」

「是嗎？那郡守先生要叫警察來抓我嗎？或是把我當作某個瘋子處理？郡守先生，警察課就在郡役所內，結果連生蕃入侵了役所廳舍都不知道？」

「你……什麼？你說什麼？」須江郡守的臉瞬間垮了下來。

馬場看到郡守的反應，狠下心來，往前跨出一步。

「『母親』是什麼？」

郡守大叫了一聲，把馬場也嚇了一跳。

「你……你怎麼可能……怎麼會？怎麼會！」

須江郡守一把推開馬場，接著就往門口跑去。馬場摔坐在椅子上，愣了半晌，才連忙爬出坐墊，追出門外。

才晚個幾步出門，須江郡守已經消失無蹤。馬場慌了手腳，在二樓一間係室一間係室地查看，都沒看到郡守的蹤影，才決定趕緊離開役所；不過，才剛走下樓梯，就撞上了大島巡查與秋元警部補。

馬場還來不及開口，就看到大島的拳頭往自己臉上飛來，眼前一黑。

第四章
母親中的鬼魂

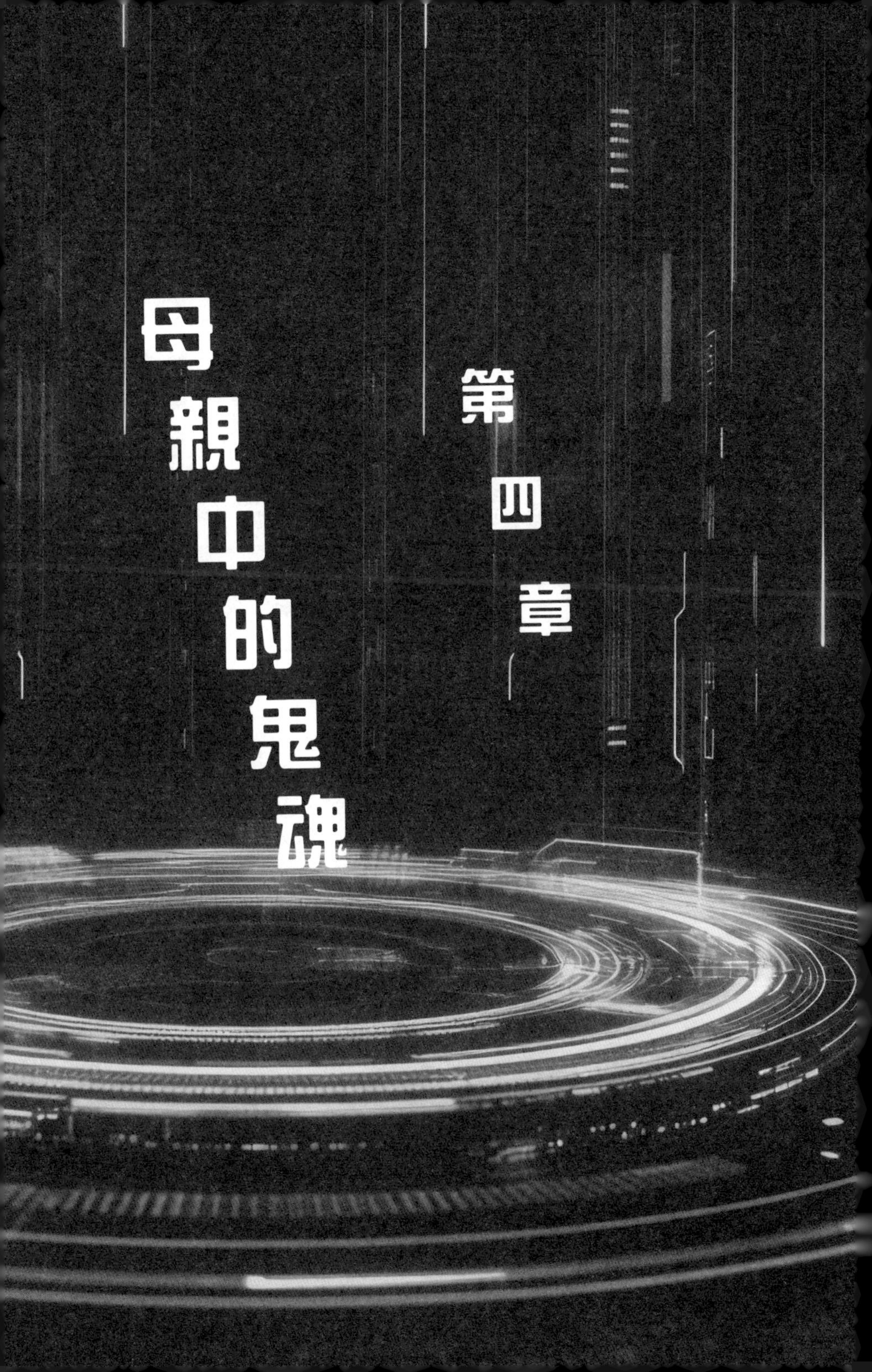

馬場心驚醒，臉上滿是冰水。他甩了甩頭，讓意識逐漸恢復，隨即察覺到自己無法動彈。

他坐在一間昏暗的房間裡，眼鏡不知去處，椅子的觸感是冰冷的金屬，面前也有一張金屬製的桌子。他的雙手被綁在椅背後，雙腳則各綁在椅子的一根前腳上。房間的光源只有金屬桌上的一盞燈，燈光不強，光線卻很集中地照在馬場的臉上，使得站在左側的人看不出面目；那個人手中拿著鐵桶，馬場臉上的冰水想必是來自該處。

那人似乎講了些什麼，但馬場沒聽清楚。他在冰水中嚐到血腥味，才想起來自己失去意識前看到的，大島的拳頭；他的鼻子如果沒有斷，至少也流了不少血。接著，那人突然給了馬場一個耳光，馬場才終於能夠集中注意力。

「**現在醒了吧？**」那人說道；是大島的聲音。

「**馬忠，想不到你也要壞了。**」

聽到這個聲音，馬場才發現金屬桌對面也坐了一個人。這個馬場沒聽過的聲音躲在光源後方，馬場只能隱約看到其輪廓。對方繼續說道：

「**接下來，請你誠實回答我的問題；如果我覺得你說謊、隱瞞任何事情的話，旁邊這位盡責的警察會讓你明白後果。**」

大島在一旁發出笑聲。

「**聽懂了的話，請你告訴我。**」

馬場還在整理思緒。大島巡查在的話，這應該是警察署監管的審訊？但馬場認不得這個房間，也認不得對面的大人；而這種以暴力脅迫的審訊方式，是總督府允許的嗎？不，如果是針對本島人的話……

才思考到一半，大島的拳頭便招呼在馬場的肚子上。馬場的臟器一陣翻湧，讓他猛咳了好幾下。

「聽懂了的話，請你告訴我。我不會再問第三次。」

「聽……咳，聽懂了。」馬場上氣不接下氣地回道。

金屬桌對面的人翻開了一份文件，看了看內容，抬頭問道：

「你是怎麼知道『母親』的？」

馬場的腦袋飛快運轉。老實說，他根本不知道「母親」是什麼，這只是昂自言自語時講出的一個字眼；而他逞一時口舌之快透露的資訊，顯然為他帶來了巨大的災難。現在的問題，是他要向審問者坦露多少？要告訴對方自己與昂的遭遇嗎？要告訴對方內地公務員的異狀嗎？參訪人員的詰問呢？涼子對總督府的態度？自己日益堅定的反日情結？更重要的是，他有隱瞞的本錢嗎？

「需要我問第二次嗎？」

馬場正想開口，大島的拳頭又往自己的臉上飛來。一陣暈眩後，馬場感覺到自己的口中湧出鮮血。

「夠了，大島。他如果沒辦法講話，我們要怎麼審問他？」

馬場低頭把口中的血水吐到地上，心中憤恨難平。但他知道他得趕緊開口，免得大島的拳頭再度出現：

「我聽、我聽別人說的。」

「聽誰說的？」

「一個……我在役所碰到的人。」

「誰？」

「我……我不知道。」

大島往前走了一步。

「我真的不知道！我只有看過那個人一次而已，後來就再也沒見過了！」

「沒有名字嗎？長什麼樣子？是男是女？這些你也不知道？」

拳頭又落在了馬場的腹部。大島把身子壓低，臉孔湊向馬場，從腰間掏出了一把細長的刀子，笑著說道：

「嘿，下一次就不是拳頭了，馬場先生。」

「**大島。**」聲音沒有情緒，但顯然具有某種威嚇力；大島悻悻然退了一步，表情有些不情願。

「想清楚了嗎？」

「她……她說她叫昂。是個身材矮小、皮膚黝黑的女子。」

對面的人雙肘抵著桌面，似乎陷入了沉思，許久以後才像是自言自語般地緩緩說道：

「……生蕃？」

「我不……她只有說過自己的名字，沒有說過身分；但見到她的時候，她一開始的確講著我聽不懂的語言。」

「所以你明明見過生蕃，卻沒有向警察署報告？」

大島見狀，又準備要上前，但光源後的人伸出手制止了他。

「我說了，她沒有告訴過我她的身分，我怎麼知道她會是生蕃？說到底，這個時代真的還有生蕃嗎？生蕃又為什麼會跑到基

隆？」

「現在不是你提問的時候。」

對方在文件上寫了些東西，隨後翻開下一頁，緩緩開口：

「你是在什麼樣的情況下碰到這個叫做『昂』的人？她又為什麼要向你提起『母親』？請你回答詳細。」

馬場已經比剛醒來時冷靜了不少。當務之急是確保自己可以在這場審訊中活下來——目前看來，燈光後的人只想瞭解馬場知道了多少「不該知道的事情」，而大島可能就只是想打人而已；不，有機會的話，大島大概真的會殺了自己，他必須要確保審問者獲得自己覺得足夠的情報，並且透過對方箝制大島。如果他有辦法逃過這一劫，後續一定會有機會逃離此地，然後帶著涼子躲到沒人找得到的地方。所以，現在的重點就在於，他要怎麼回答？回答多少？

首先，不能再節外生枝。對方一開始只想知道馬場怎麼會知道「母親」這個東西，但因為馬場的坦白，現在對方更想知道他們口中的生蕃為何會來到郡役所，又為什麼要告訴馬場「母親」的事。如果馬場坦誠自己是在那間神秘詭異的禁室中遭遇到昂，對方下一步可能又要質疑馬場為什麼會看到那間禁室內的樣貌……看來，只能犧牲一點中村的情報了。

「我記得……那天是月曜日。原本中村先生應該要跟我一起處理某項勤務——」

「哪項勤務？說清楚。」

「那天應該是郡役所更換植栽的時候，中村先生原本應該要跟我一起把虎尾蘭搬上

樓，但他沒過多久就消失了。等到他又出現的時候……呃，不應該說他『出現』，而是我在郡守辦公室那邊發現了他。」

「中村在郡守辦公室？」

「準確地說，他在會客室的門外探頭探腦的。」

「為什麼？」

「我也很好奇，所以就走過去問他不來工作在幹什麼？結果他說，他覺得會客室裡面有人。」

「『覺得』會客室裡面有人？什麼意思？」

「他沒有開門進去看，就是感覺到裡面有人。然後講完這話，他就走掉了。」

「所以會客室裡面到底有沒有人，中村其實不知道？」

「在我看來，是這樣沒錯。」

「……繼續說。」

「我原本並沒有打算要進會客室，但就在打算離開時，一隻手從門內伸出來，把我抓了進去。」

「那個生蕃把你抓進了會客室？為什麼？」

「她……昂一開始講著我聽不懂的語言，後來才開始用，呃，似乎有點生澀的日本話。她問我是不是什麼中心的人，我不知道她是什麼意思，只跟她說我是郡役所的給仕。」

光源後的人影往椅背上靠去，不經意地折起手指，隨後看了大島一眼；大島也轉頭看向對方，臉上似乎閃過一絲畏懼。馬場見對方不講話，於是繼續開口說道：

「——她就是在那時候跟我說的。」

「嗯？」

「她說：『我不是在問母親的事。』」

「……原來如此。」

對方又在文件上寫了點什麼，然後跟大島交頭接耳；雖然對方刻意講得小聲了許多，但畢竟雙方距離不遠，馬場還是隱約聽到了幾個字眼。

「生蕃……處理……我……協調……明天早上……你……打死……中村……外面……懂了嗎？」

大島點了點頭。金屬桌對面的人隨即起身，往門外走去。他在門口停了下來，似乎想到什麼，再度對大島說了些什麼；馬場只聽到了神田的名字。那人隨後開門離去，馬場想一窺門外的景觀，卻發現門外漆黑一片，對方消失在漆黑中，門隨即再度緊閉。

大島看著緊閉的門，然後轉向馬場，露出笑容。

□

馬場再度驚醒，臉上滿是冰水。甩了甩頭，他的意識慢慢恢復，然後才察覺到自己依舊難以動彈。

他坐在一間昏暗的房間裡。椅子的觸感是木頭，榫卯已經因為長年使用而有些鬆脫，讓木椅搖搖晃晃。馬場試著抬起垂擺在身體兩側的雙手，卻發覺雙臂痛得動彈不得。這個房間有三面水泥牆，馬場面對的這一面則是幾根粗重的木柱所構成的阻礙；光線從木柱外透進室內，也能夠讓外面的人隨時看到室內的狀況。木柱的左側是一扇低矮、半掩的小木門，一個身影站在木門前背對著光源，看不出面目；那個人手中拿著鐵桶，馬場臉上的冰水想必是來自該處。

那人似乎講了些什麼，但馬場沒聽清楚。他在冰水中嚐到血腥味，才想起來自己失去意識前，受了大島的拳頭不少招待；除了雙臂外，呼吸時他的胸口跟腹部都疼痛不已，下顎則有一種難以言喻的不適感，左眼也因為什麼緣故而腫了起來，讓他視線模糊。接著，那人突然給了馬場一個耳光，馬場才終於能夠集中注意力。

「**現在醒了吧？**」那人說道；是大島的聲音，「**你小子可真是過得輕鬆愉快啊！生活無憂無慮，只要想到自己是臺灣人，就可以坐擁嬌妻，也不用處理家事、不用在乎父母、親戚、子女；不用在乎企業發展，不用在乎戰後復興……**」

「**大島先生，你到底……**」

沒有眼鏡，馬場雖然看不清楚，但室外的光線隱隱灑在大島的臉上，依然映照出他的表情從憤恨不平轉變為愧疚羞恥。他似乎還想說些什麼，隨後卻把鐵桶甩到地上，一聲不吭走出門外。

馬場想叫住大島，問清楚對方到底是什麼意思，卻連發聲的力氣都喪失了。他試圖整理現況，腦袋卻無法全力運轉。

首先可以知道的，是這個地方是郡役所一樓的警察課拘留室；馬場大概是昏迷的時候被大島從原本審訊的地方帶到這裡的。拘留室過去都是由中村負責整理打掃的，馬場與神田只有少數機會來到此處，馬場自己其實也不太想到這裡來，過往也只有中村因故出公差時，才勉為其難地協助清潔。

其次，馬場究竟該如何脫離這種險境？中村已經消失無蹤，或許早就已經沉到基隆港下去了；作為一名給仕，他不可能有什麼資格與身分可以談條件，而他的消失，或者簡單的入罪，也不可能激起什麼社會上的波瀾。先不論用什麼方法，假若馬場真的從拘留室逃了出去，接下來他又要怎麼辦？回家帶著涼子一起逃走嗎？逃到哪？逃多久？說到底，他為什麼要逃？他到底做了什麼，需要遭受現在這樣的處境？

從光線灑進室內的強度與角度來說，時間已經接近黃昏——然而，這是今天的黃昏？還是幾天後的黃昏？如果真的已經過了數天，涼子不可能苦苦等在家裡什麼事都不做；反過來說，馬場擔心的正是涼子做了什麼事。

涼子一定得平安才行。

馬場握緊拳頭，努力抬起雙臂，緩緩嘗試各種姿勢與動作，看看兩手能夠運動到什麼程度。幸好，幾處瘀青之餘，馬場的雙手沒有骨折的問題。他用手摸了摸左眼周圍，感覺眼球有沒有受到不可復原的傷害，所幸除了眼角感覺有撕裂傷外，眼睛應該只要消腫就沒事了。接著，馬場繼續用手確認胸口與腹部的傷勢，很多部位都有嚴重的瘀青；馬場閃過一絲記憶，感覺自己不久前似乎才因為大島往自己肚子上痛揍了幾拳，把胃裡面的東西全都吐了出來。

馬場把雙手按在膝蓋上，慢慢從木椅上起身；他感覺到自己的雙腳沒有什麼疼痛的反應，確認了大島的酷刑只有施展在上半身。這樣，如果馬場真有辦法從這裡脫身，那至少在需要奔跑逃走的前提下，自己還能撐得住一段時間。

所以，問題又回到了真正的重點上——要怎麼脫離當下的險境？

馬場走向木柱。雖然柱子與柱子之間有空隙讓光線進入室內，但拘留室的設計當然不會有足夠的空間讓室內的囚徒輕易溜走。馬場雙手抓著木柱，希望透過空隙觀察木門的門鎖，並探尋將手伸出木柱之間，藉此開鎖離開的可能性。

「**馬場先生，你最好不要輕舉妄動。**」

那個人正倚在拘留室外的走廊邊，雙手交叉於胸前，臉上的表情嚴肅而疲憊。

「**秋元先生……**」

秋元警部補面露無奈。他挺起身子，走到馬場面前，隔著木柱對馬場開口道：

「**讓你受苦了啊……抱歉，但大島就是這樣的人。他本性不壞，但不太會說話，個性也有點壓抑，結果就變成只能用這種方式來表達情緒了。**」

馬場看著秋元，不太懂他到底是什麼意思；所以說，動用私刑把馬場打了一頓，是「表達情緒」的方式嗎？秋元看著馬場困惑的表情，笑了出來。

「**聽不懂也沒關係，反正……總之，嗯，你晚點就可以回家了。來——**」

秋元伸出左手，馬場看到他手中的藍色藥丸。

「**——把這個藥吃掉吧。**」

「**這是？**」馬場接過藥丸。

「**嗯，止痛藥。我去幫你拿杯水。**」

馬場在秋元轉身之後才發現有個人就站在他身後。對方比秋元矮小許多，頭髮短而凌亂，在秋元連嚇到的反應都還來不及做出時，就已經出手。秋元的喉頭受到重擊，氣管頓時停止運作。

秋元抱著脖子往後退了幾步。馬場這時才看清楚攻擊秋元的人，倒抽了一口氣。對方沒有放過秋元，一個箭步上前，踩上秋元的大腿，在空中以手肘擊向他的頭顱。秋元隨即倒地不起，對方則平穩落地。

「**別吃那個藥丸。**」對方以流利的日本語向馬場說道，讓馬場有些驚訝。

「**……昂？**」

穿著深色洋服與燈籠褲，腰間還纏著一條看起來相當厚重的黑色布帶，昂看起來與馬場第一次見到她時大相逕庭；她的眼神更加專注、表情更加堅毅，好像她終於知道自己的目標，甚至明白了存在的意義。她蹲在秋元旁，仔細搜索著什麼；馬場發現她依然沒有穿上鞋子。

「**找到了。**」昂把手從秋元的腰間抽出，一串鑰匙出現在兩人眼前。

「**妳是……是來救我的？**」

「**等真的脫離險境再感謝我吧！**」昂一面說著，一面把拘留室的木門打開。

馬場走出拘留室；昂這時才看清楚馬場的慘況，不過她的驚訝在於馬場逃離現場的可能性：

「**你跑得動嗎？我不可能背你，我的藏身處在兩粁外，你得要跟著我跑到那裡才行。**」

「**藏身處？等等，我得回家，涼子……涼子會……**」夕陽透過窗戶照進郡役所，馬場被光線照得頭昏腦脹，講出來的話也不知道是言不由衷還是反而講出了真心話：

「說到底，我會遭遇到這些慘事，還不是因為妳！如果沒在樓上遇到妳，我就不會——中村先生也不會……」

昂把手插在腰間，設法要讓馬場搞清楚狀況：

「聽著，你現在回家絕對是死路一條，那我不如把你留在這裡。你想要活下去——重點是，如果你想要保有自我地活下去，就跟我走；剩下的事，等我們脫離險境再來慢慢談。快點決定，這些日本人很快就要發現不對了。」

馬場看了看昏死在一旁的秋元警部補，再看看昂。他忍不住盯著昂的眼睛好一陣子，然後才甩了甩頭。

「好，我跟妳走。」

□

馬場喘著粗氣，坐在前堂的地上躺成大字型。太陽早已下山，昂在不遠處確認兩人有沒有遭到跟蹤。

他們從郡役所的側門離開廳舍前，在拘留室的辦公桌上找到了馬場的眼鏡與其他物品，而後先往東走以混淆可能的追兵，然後在鶯歌橋過運河後，才轉向往西前進。昂的穿著已經不再是生蕃的樣貌，讓她足以融入大眾的日常生活中，與馬場一起走在路上也不會令人起疑；但昂告訴馬場，看到有人經過時，最好還是不要看向對方，難保對方不會認出馬場。

「後台可能已經保存了你們的資訊，就算不是日本人，系統也會有辦法辨識出你。」

昂這樣說道；馬場聽得一頭霧水。

兩人接著在大日本製冰基隆出張所左轉，走向商家眾多的鬧區邊緣。在昂的帶領下，他們從山輪自轉車商會走向共成商店，經過長老教會、蔡義成商店後繼續直走，直到新興橋前左轉，刻意往南多走了一段路，才在福德橋處過了運河。昂說，避開市役所是比較保險的作法；馬場也覺得現在離公家機關遠一點不會有錯。

過橋之後是一段長長的直路，店家較少，這個時間道路左側的高砂公園人跡也不多，馬場稍微放心了些，腳步也緩了下來。然而，快到鐵道前，新聲館劇場的表演剛好結束，劇場出口湧出許多剛看完表演的人潮；馬場原本覺得避開目光，走在道路側邊應該無妨，但昂決心不要冒險，直接拉著馬場穿越高砂公園再度往南繞道。

「**我們上去確認一下狀況。**」昂指著公園裡的小山丘說道：「**放低身形，不要反而讓我們被發現了。**」

昂以蹲姿爬上小丘，沒什麼運動能力的馬場為了不被人發現，則忍受著身體的疼痛，幾乎是用匍匐前進的方式往上前進。等馬場終於來到丘頂，昂已經蹲坐在該處，往郡役所的方向觀察了許久。

「**看起來……往我們這個方向追蹤的人力不多。**」

「**……不多？**」馬場還沒有喘過氣來。

「**嗯，不是沒有，但不多。**」

馬場往昂看的方向看去，路燈照亮了幾條道路，形塑出了基隆的市景；更遠的漆黑之境，則像是深淵般吞噬了一切光源。

突然之間，馬場看到了成千上萬的屍體。那些屍體在漆黑之境裡載浮載沉，有的面容扭曲、有的膨脹如球……還有許多屍體的手被穿上了金屬的線，綁在一起漂浮於基隆港。

「**喂。**」昂拍了拍馬場的肩膀，「**你怎麼了？**」

馬場甩了甩頭，不知該怎麼說明他看到的景象。

「**我好像看到……**」他沉默片刻，才又說道：「**不，這太奇怪了……沒事，我沒事。**」

昂狐疑地看了看馬場，隨即領著馬場離開小山丘。他們繼續往南離開高砂公園，直到看到南下的鐵道，才又轉向往西北前進。

在錦昌醫院左轉，跨過連結基隆驛的鐵路後，就進入了過去蚵殼港的範圍；橫貫明治町的道路上，只有馬場與昂兩人躡手躡腳地往西行進著，路旁的房舍只有幾戶亮著燈，但馬場聽不到屋內的聲響，也沒看到人影竄動。

「**這裡已經開始遠離常態活動區域了，為了節省資源，不會有什麼人員進出。**」昂看到馬場對房舍的反應後，這樣說道。

「**不好意思，我不太懂妳的意思？**」

「**……嗯，到了安全處再說吧。**」

昂的腳步開始加快，馬場不得不跟著邁開大步。在同一條路上快速行進了約莫十分鐘後，昂突然之間向左轉進入一條小巷子中，馬場差點沒跟上對方；他小跑步地追上昂，想請對方走慢點，但昂隨即將馬場拉進路邊房舍的陰影角落。

「**有人跟蹤，別出聲。**」

馬場連呼吸都停了下來，看向方才的巷

口，任由眼鏡從鼻樑上滑下。在悄然無聲的黑夜中，他注意到一陣急促的腳步聲從他們剛剛走過的路上傳來；那聲音在巷口遲疑了一陣子，然後才沿著原路繼續往下走去。

「走吧。」昂確認聲音走遠後，繼續往巷子內走去。

馬場深呼吸了幾次，才趕緊推了推眼鏡追上去。兩人經過漆黑的寶公學校，終於來到昂的藏身處——慈雲寺。

到了該處，馬場才發覺自己早已滿身大汗，不由得躺了下來，大口喘著氣。相較於此，昂則是臉不紅氣不喘地，倚靠著前堂的角柱，饒富趣味地看著馬場的樣子。

「真有趣。」

「嗯？」

「看你大口喘氣的樣子，你覺得你呼吸的是空氣嗎？」

「什麼意思？」馬場之前就覺得昂很怪了，現在更覺得莫名其妙。

昂離開角柱，蹲在馬場面前，表情認真而嚴肅，讓馬場也不得不坐了起來，挺直腰桿。

「你已經知道了。不是嗎？」昂看著馬場，雙眼在黑夜的慈雲寺中隨著點點燭火閃耀著，**「那些一閃即過的記憶、與時空環境不符的怪事？」**

馬場的背脊發涼。

「你知道了，卻又不相信。不過這也是好事。你的同伴知道了、相信了，於是開始挖掘更多真相，露出了更多馬腳，所以最後日本人也有所察覺，他就被移除了。」

「同伴？妳……妳是說中村先生？」

「**嗯……對，是叫這個名字。**」

「**中村先生怎麼了？**」

「**中村先生——**」昂抬頭，不知道是看向寺院的天花板，還是看向更遠的暗夜中，「**中村先生不在了。**」

「**死了？中村先生死了？**」

「**我沒這麼說。**」

「**什麼意思？不在了不就是死了嗎？**」

「**不在了為什麼就是死了？**」

「**妳……**」馬場開始有點不耐煩了，「**妳能不能把話講清楚？一直拐彎抹角的，到現在什麼都沒有解釋說明到啊！**」

昂露出了有些驚訝的表情。她從馬場身旁站起來，往後走了幾步，才轉過身來看著馬場。

「**抱歉，我以為……**」昂的聲音小到馬場幾乎聽不見。

「**以為什麼？**」馬場的語氣已經和緩了許多，不再帶著責備的意味；但他依然沒有聽清楚昂所說的下一句話。

「**我以為你知道，只是不敢講出來而已。**」

「**什麼？**」

昂再度走近馬場，但沒有蹲下來。她直挺挺地站在馬場面前，由上而下看著馬場，說道：

「**這個世界不是真的。**」

「**什……什麼？**」

「**你活在虛構的時空裡，馬場忠。**」

「**不好意思——**」馬場笑了出來，「**妳說這個世界不是真的？『這個世界』？妳不是認真的吧？**」他一面說著，一面指著地上。

「對，這個虛構的世界，被他們稱為『母親』。」

馬場的笑意僵在嘴角。

「虛構的世界？開什麼玩笑……妳的意思是我也是虛構的？涼子、中村、神田他們也都是虛構的嗎？」

「身分上是的，但存在上不是。」

「我聽不懂……所以他們是真實存在的，但實際上並非真正的……人？」

「他們的身分是虛構的。」

「……為什麼要虛構出這些身分？」

「『母親』是出於某種目的而建造出來的虛擬世界，我猜，是為了進行某種實驗，但確切目的還不清楚。」

「所以……我是、是實驗體？」

「目前看來是這樣的。在『母親』裡，實驗體被洗去原本的記憶，成為這座島嶼在日本殖民時代時的本島人。」

「本島……臺灣人都是失去記憶的實驗體？」

「對，在基隆郡役所的中村、神田，還有你都是。其他日本人——或者你要說內地人也可以——都是進行實驗的中心人員。」

「等等、等等……」馬場也站了起來，「妳的意思是說，郡役所裡只有我們三個是被實驗的對象，失去了記憶？」

「我的調查結果是這樣。」

「但役所裡面也有本島公務員啊？」

「誰？」

「『誰』？」

「誰？哪一個人是本島公務員，你叫得出名字嗎？」

「**當然！不就是……呃……**」馬場試圖想起任何一個本島公務員的名字。

「**你不是想不起名字，而是他們根本沒有名字，你也根本不會在意他們有沒有名字。那些人只是這個虛構舞台的背景人物，是虛擬智慧。**」

「**虛擬智慧？**」

「**他們不是真正的存在，懂嗎？他們不是人類，沒有與外部的連結，就是單純被建構出來的可互動虛擬個體而已，而且沒有自我意識，只能根據有限條件與他人互動。**」

馬場有聽沒有懂，什麼「**外部連結**」、什麼「**建構出來**」……他一臉無所適從的表情看著昂，不禁令對方嘴角上揚。

「**你聽不懂吧？**」昂說道：「**你現在只要知道，這個世界不是真的，你是被『洗腦』，然後『綁架』進了這個世界的。**」

「**然後內地人都是……什麼？幫兇？**」

「**幫兇、演員、知情者、實驗人員、企業員工，隨你怎麼叫。**」

「**而役所內的本島人給仕則是失去記憶、被實驗的對象，例如我、神田跟中村先生。**」

「**對，不只是基隆郡役所，基隆市役所也是這樣的安排，或許其他地方的役所也是吧，我還沒有查到那麼遠。**」

「**但不是所有本島人都是被實驗體，他們也可能是虛擬、虛擬智慧？**」

「**對，為了呈現更加真實的世界景觀而設計、植入的背景人物。**」

馬場心中的疑問已經浮上檯面——

「**我妻子……涼子，也是虛擬智慧？**」

「**喔，她不是。**」

馬場緊繃的肩膀鬆懈下來，整個人像洩氣的氣球一樣，鬆了口氣。

「**她也是實驗中心的人。**」昂面帶微笑地說道。

「**什……開什麼玩笑！她是本島人耶！**」

「**她的狀況比較特殊。**」

馬場正要回嘴，昂卻接著說下去。

「**就跟你不知道本島公務員的名字一樣，他們透過先入為主的意識製造出能夠以假亂真、足夠真實的假象，讓這個世界看起來跟真的一樣；就算不小心出了紕漏，也能夠輕易地消去產生質疑的記憶，回溯到對這個世界沒有任何疑惑的狀態。**」

「**嗯？等等。**」馬場對昂的說詞產生了疑問，「**妳說出了紕漏，他們也可以消去記憶，那為什麼我的記憶還在？**」

「**這就是我來找你的原因。**」昂說：「**你也……很特別。**」

「**特別？**」

「**因為某些原因，你的記憶無法被消去。他們應該也已經發現這件事。**」

「**而妳也知道？**」

「**嗯，我查過你的數據。**」

馬場沒有回話。他突如其來地想到，稍早在高砂公園產生的幻覺，難道也是因為他「很特別」嗎？不，這一切都太過詭異，而他也還沒有接受昂的說法。事實上根本就沒有證據可以證實她的說詞是正確的；反過來說，這個來路不明、公家機關正在追查的「**生蕃**」，不是更可疑嗎？

「**妳有辦法證實妳的言論嗎？**」馬場帶著狐疑的神情，重新審視著昂。

「**啊——**」昂露出了心領神悟的的表情，好像她老早就猜出馬場會在此時開始質疑自己一樣，「**嗯，我現在的確沒有直接證據可以證實我說的是真的；不過，或許有些旁證**

可以間接證實。」

馬場看著昂，沒有答話。如果昂只是一個神經錯亂的生蕃的話，自己跟著一個瘋子逃出拘留所，並不會有什麼好下場；但如果昂說的不是真的，那因為「母親」兩字而倉皇逃走的郡守，以及他後來所受到的審訊、酷刑便無法解釋了。

「妳說這個世界是虛假的，但為什麼我會感覺如此真實？這是什麼……巫術嗎？魔法嗎？還是有什麼不可告人的超科技？」

「會感覺真實，是因為你的大腦告訴你這是真的。人對於現實的知覺感官體驗來自於大腦的電子訊號，只要有辦法控制這些訊號，就有辦法改變人的現實認知。」

「控制大腦？改變……現實認知？」馬場過於震驚，只能複述昂講出來的話語。

「沒錯，我想大概是透過侵入式的儀器來達到這樣的效果。如果只是用罩在頭上的非侵入式電子器材，不太可能達到這種以假亂真的效果；大概是在你的腦袋上鑽了個洞，將電子線路直接與大腦、小腦與腦幹等部位連結，才有辦法改變如此程度的認知。也因為這樣的緣故，要讓你們抽離這樣的認知並不容易。」

「但、但是……」馬場突然想到了神出鬼沒的渡邊公務員和一出門就消失的須江郡守，**「我遇過幾次內地公務員憑空消失的狀況，難道他們就可以隨時把意識從這裡抽離嗎？」**

「喔？真有趣……的確是這樣沒錯。那些工作人員跟你們的連線方式不一樣；你們是深度連結，因此在各種感官上都有鮮明的體驗，比如痛覺；他們則是淺度連結，可以快速的進出這個世界，也可以透過傳送的方

式快速移動，對於世界的體驗也就相對薄弱。不過，在設定上，被實驗體應該無法看到或察覺到這種現象才對，所以你剛剛所講的話，其實也證實了你的特殊性。」

「妳所說的東西……對我來說，實在太莫名，也太陌生了。」

「那應該是因為，你的認知都還停留在一九三八年的此刻。」

「……然而？」

「然而，就我調查的結果，現實世界現在應該已經是二十二世紀後半了。應該至少是二〇七〇年之後了。」

「什……將近是一百三十年後了！」

「對，所以科技的發展已經超乎你的認知，也是很正常的。」

馬場在慈雲寺前堂來回踱步，表情嚴肅。

先假設昂說的都是真的好了，但很明顯還有幾個問題仍然懸而未決。昂剛剛所說的「間接證據」是什麼？以及，昂為什麼要從郡役所拘留室中救出馬場？她的目的究竟是什麼？

她究竟是誰？

彷彿看出了馬場的疑問，昂主動開口：

「你要的間接證據，得回家才能拿到。這麼做當然會有風險，不過要讓你信服，大概也只能這麼做了。至於我的目的是什麼，等我們回來我再告訴你。放心，我既然救了你出來，就不會害你。」

「回家才能拿到？這是什麼意思？」

昂將雙手交叉於胸前，露出微笑。馬場當然知道「回家才能拿到」是什麼意思；家裡等著他的是涼子，而要獲得證據，從涼子下手的確是最可行的方式。

「但是我現在回去，不是很容易被逮到

嗎？」

「存在於這個世界的每一刻都是風險；畢竟，現實中的你就在實驗中心的掌握中。可是，實驗中心的人力也有限，他們無法有效查看這裡所有的地點，只能預測你的逃亡路線，加派人力前往該處而已。反過來說，現在你家正是他們少數不會懷疑的地方；因為，誰想得到逃走的犯人會先回家找老婆？」

「是這樣嗎……」馬場充滿疑惑，「就算是這樣，如果你所說的是真的，涼子是什麼『實驗中心人員』的話，她看到我的時候，不就等於我被發現了嗎？這樣一來，那些可以快速移動的其他人不就可以馬上到達我家，把我抓回去嗎？」

「這點不用擔心，你的涼子是實驗中心的高階主管，做事方式跟那些『員工』不一樣；我計算過，她想要先跟你談談的機率是百分之八十四。此外，我有個裝置可以讓一定範圍內的區域在短時間內只能傳送出去，不能傳送進來，以此來避免實驗中心接獲通報後，迅速投入大量人力圍困我們。」

「『我們』？」

「當然。我難道有可能讓你自己一個人深陷險境嗎？」

「……好吧。但妳可別進屋裡，讓我自己跟涼子說。」

「我也不想進屋去。」昂說道：「如果問不出來，或者情況危急，你可以對她說：『妳只是棄子，鈴木不會保護妳。』」

「……我還以為妳會堅持要跟我一起進去。」

「我不能被他們發現。」昂把笑容收了起來。

「為什麼？妳到底是誰？又有什麼目

的？」

「我的目的是要離開這個世界，你也是，而且你有能力可以離開，所以我需要你。至於我是誰，目前並不重要。」

馬場還想追問，但昂已經開始往大門走去。

「馬場忠，你只有找出真相、離開這個世界，或者讓他們抓住、洗去這段錯誤記憶兩種選擇。你的選擇是什麼？」

馬場差點要告訴昂他現在叫馬場心。

□

即便是在返家的道路上，馬場依然猶豫不決。

他知道他只有一個選擇、只可能選擇繼續往這條路走下去；然而，他看不到這條路的終點有什麼。離開慈雲寺前，馬場問昂，既然他只有意識在這個世界，就代表他的身體在現實世界中也受到這個實驗中心的控制，那如果他的意識成功脫離回到現實，不也還是受到實驗中心的禁錮嗎？昂只說她自有計畫，要馬場先確定自己願不願意與她合作，她才能告知。

馬場依然想在回家與涼子對質後，再做出決定；即便他知道結果會是如何。

馬場獨自一人走在夜晚的道路上，幾乎沒有碰到任何行人。雖然無法察覺，但他知道昂就在自己身後不遠處，一方面確認自己的安全，另一方面大概也是為了監視自己。

從慈雲寺走回八堵的家，是一段不短的路。現在這種情況，當然不可能走去基隆驛坐火車回八堵驛；不過在這樣寂靜無人的夜晚街道上，正是適合整理思緒、釐清現狀的好時機。

事情是什麼時候開始變調的？

照昂的說法，作為被實驗者，馬場理應看不到任何與時代不符的景象；那麼，他第一次看到無法解釋的畫面是什麼時候呢？應該就是須江郡守進入禁室，與不知名的對象，用不知名的方式通訊時吧？在那之後，越來越多莫名其妙的事情發生了。

馬場在離開明治町、跨越鐵道之後右轉，高砂公園在他的左手邊，他打算走這條沿著鐵道開發的道路回到八堵。

涼子是不是也是從那個時候突然開始願意分享自己對於時局、對於身分認同的看法的？馬場有點討厭這樣的自己——現在的他，對涼子充滿了疑問，這不是一個丈夫應該有的感覺；此外……

過了和興橋後左轉，然後在福德橋口右轉，直行到底再右轉，就走回了臺北基隆道。

馬場已經看到了丸宮醬油的建物。

馬場甩了甩頭，把額外的想法先丟在一邊，仔細回憶與涼子的邂逅。他記得他們是相親結婚的，從結婚至今都還沒有小孩……等等，「結婚至今」是多久？確切來說是幾年？馬場從來沒有想過這個問題，只有一種「兩人結婚已經多年」的既定印象。

他感覺到胸口劇烈起伏，呼吸困難。

馬場開始從他記得的事開始審視，然後把這些記得的事攤開來，一一檢視其細節。他跟涼子相親結識。好，相親的時間是？他只記得是「多年前」；相親的地點是？不知道，或者不記得了，會不會是因為太久之前了？不清楚。媒人是誰？不知道。這些都可能是因為年代久遠所以不記得了。那麼，相親時自己是做什麼工作的？家境如何？比如父親的工作是什麼？還有其他哪些兄弟姊妹？總而言之，馬場自己相親時的身家條件是什麼？

他……他不知道。爸爸叫什麼名字？媽媽叫什麼名字？在相親之前的任何記憶？童年回憶？他都不知道。

但是，他「怎麼可能」不知道？或者說，他過去怎麼會連這些事情都沒有想過？不只是涼子方面的各種認知，他連自己的認知都極度缺乏。

馬場不得不扶在八堵橋的護牆上喘氣。

昂說馬場很特別，但沒有解釋這個「特別」對馬場自己來說是好是壞；現在，他終於知道自己的特別之處，在於能夠察覺到這個世界過去一直避免他認知到的事物——

他不是一個完整的人。

兩人終於回到七堵庄八堵，馬場的家門前，昂也出現在馬場看得到她的地方。馬場回頭看了昂一眼，後者對他點了點頭，於是馬場深呼吸，往前邁進。

家裡的燈是關的，涼子看起來不在家裡。馬場打開家門，走進全黑的空間中，感覺自己正在進入完全未知的領域中。

「**涼子？**」馬場對著黑暗探詢道。

黑暗沒有回應。

馬場往深處走去，憑藉著某種本能探求著空間中除了自己以外的其他動靜。但家裡沒有其他聲音，只有他自己的呼吸與心跳在黑暗中發出巨大的聲響。

「**涼子？妳在嗎？**」明知結果，馬場還是多喊了一次。

如果涼子不在家的話，馬場不知道自己為什麼要回來。他轉身準備離開。

然後，馬場突然有種不舒服的知覺從脊髓傳遍全身。在黑暗的空間裡，他察覺到另一股氣息憑空出現。臥房的燈亮了。房門打開，涼子帶著微倦的面容走出來。

「馬忠？怎麼回事？你怎麼現在才回家？」

他知道那是面具，在他還不特別時就知道。馬場把餐桌旁的電燈開關打開。

「坐下吧，我們聊聊。」馬場說。

涼子睡眼惺忪地走到餐桌旁，馬場幫她把椅子拉開，讓她坐下，然後自己才走向餐桌對面的一側，拉開另一張椅子坐下。

就跟往常一樣。

馬場將手肘放在桌上，雙手緊握，沉默著。一旦開口，眼前的一切就要結束了，他這樣想著，於是用沉默來延長這一幕，逃避著必將到來的結果。

「馬忠？」

呼——

「我要告訴妳所有的事情。」馬場推了下眼鏡。

「什麼？」

「作為夫妻，我希望妳能夠耐心聽完，在聽完之前，不要輕舉妄動。」

涼子慢慢從剛睡醒的狀態中回神過來，馬場感覺到面具下的浮躁，以及面具的裂痕。然後，涼子點了點頭，於是馬場開始說。

他從看到須江郡守在禁室裡通訊的那天早上說起。他早上醒來想到的第一件事，與涼子共進早餐時的想法，以及他不懂為什麼涼子要戴著面具。他說他前往役所的路徑選擇，然後說他在役所的工作，說他如何發現那個房間的門沒有關上，以及察覺郡守在房間內的詭異行徑；他說中村如何撞見他偷窺禁室，卻看不見禁室內的景象。他說，中村或許就是因為這樣，才開始懷疑一切。他說，是他害了中村。那天晚上回到家，涼子第一次向自己展露了內心的想法，他說他覺得自己第一次窺見涼子面具下的樣貌。

涼子的眼淚滴在餐桌上，但她折著手指，沒有擦掉眼淚，只是看著馬場。

馬場繼續說中村的轉變，說他在那之後似乎經常性地窺探禁室、說他在某個月曜日的早上發現中村又在那間房間前徘徊，說裡面有人。他說他如何同樣感知到房間裡的狀態、說中村如何臨陣脫逃，以及自己突然被裡面的人拉進房中。他說自己如何恐慌、如何驚懼，說他如何適應黑暗、如何試圖看清眼前的人；他說對方如何使用生硬的日本語對自己說話、說對方如何向自己說出他當時完全無法理解的事物、說他如何聽到對方自言自語時脫口而出的「母親」。他說自己如何在對方出門之後追上去，對方卻快速消失，也說自己為何在當晚回家後，選擇不告訴涼子這件事。

涼子沒在哭了。她的表情凝重而認真，也忘了繼續把面具戴著。

接著，馬場說他如何發現中村被役所的大人們逮捕，而後役所的人們全都不記得中村的存在。他說他如何對此感到恐懼，說自己如何擔心自己的安危，也說自己如何畏懼他的行為是否也會影響涼子的安危。他說他如何享受與涼子討論身分認同，說後來郡守如何告知他米國、大滿洲帝國參訪團要對自己訪談的要求。他說四名參訪人員如何提出那些莫名其妙的問題、說對方質問自己認為自己是日本人還是臺灣人，最後說他終於想到，草薙珍當時提出的臺灣人定義，跟涼子講過的一模一樣。

涼子的表情陰沉得令馬場畏懼，但他要

把話說完。

馬場說那天郡守如何把他叫去郡守辦公室，說郡守如何要求他安份守己，並暗示馬場不照做就會傷害涼子；所以他反抗，順著激動的情緒將「母親」這張底牌打出來。他說郡守如何落荒而逃，說秋元與大島兩名大人如何抓他、跟著一個不知道是誰的人審問他、刑求他，然後說那天在禁室中看到的人如何出現救他、帶著他逃離郡役所，並告訴他這個世界是虛假的、告訴他證據就在家裡。

「……我在回到這裡的路上，試著回想我們是如何相識的。」

「相親。」涼子的聲音冰冷而無情。

「什麼時候相親的？在哪裡相親的？媒人是誰？」

涼子無語。

「妳的父母住哪裡？我的父母在哪裡？我在郡役所給仕之前的工作是什麼？為什麼我完全想不起來這些事情？」

「……不需要。」涼子講得很小聲。

「什麼？」

「因為不需要，你本來不應該去想這些事的。」

「但我卻想了。」

「嗯。」

「涼子，妳真的是我的妻子嗎？」

涼子笑了。

「不是的話，怎麼辦呢？」

那就不是了。馬場深呼吸。

「我不愛妳。」馬場盡量讓自己的聲音不抖，「我每天早上起床時，想到的第一件事都是這個。」

涼子冷冷地看著馬場。

「因為，我總覺得妳跟我在一起時，戴

著一副偽裝自己的面具。無論那副面具的外觀如何美麗，我都覺得妳離我好遠。」深呼吸，「我曾經以為那是因為妳看不起我，妳覺得妳嫁錯人了，對於生活有所不滿，但仍然試圖扮演好自己的角色。我錯了。」

涼子面無表情，但馬場看著她擺在桌上的雙手，知道她依然在用這副面具壓抑自己。

深呼吸。

「我覺得妳過得不開心，但我不知道原因，或者說我一直不知道真正的原因。後來，當妳開始跟我討論總督府的蠻橫、日本人的專斷，以及我們為什麼應該要認同臺灣、成為臺灣人時，我好像才看到了真正的妳。」

涼子的眼中閃過一絲情緒。

「我……」深呼吸，「我不知道妳是出於什麼原因想要我認同臺灣，但我知道那時候妳是真的相信妳說的話。而我終於在那時看到面具下的妳。這讓我開始……開始真的在乎妳。」

馬場說完了。涼子又開始不安地折起手指，表情有些複雜。

「如果這個世界是假的，如果我不是你的妻子的話——」沉默許久後，涼子再度露出笑容，「那我可能也不是女的。」

馬場低頭，沉默不語。雖然涼子又把面具戴上了，但他在低頭前，看到了涼子眼角的淚水。

「如果你說的都是真的——」涼子問道：「如果這個世界是由某個實驗中心控制的，你真正的身體也在他們手上的話，你覺得你有辦法可以逃走嗎？就算你成功讓自己的意識回到原本的身體好了，你覺得你自己一個人可以逃得出實驗中心嗎？在你對現實世界一無所知的情況下？」

「不知道。但如果這個世界是虛假的，那我勢必會嘗試離開，即便最後的結果是失敗。」

「為什麼？為什麼即便會失敗卻還是要嘗試？」

「因為身為臺灣人，想要自由是再正常不過的事。」

涼子又哭了。

「……你是逃不掉的。」

深呼吸，馬場要把最後一句話說出來。

「妳只是棄子，鈴木不會保護妳。」

涼子瞪大雙眼，看著馬場。

「再見了，涼子。」

震驚轉變成憤怒，接著涼子憑空消失在馬場眼前。

馬場起身，走出家門外。昂就站在門口等著他。

第五章

認同大批發

馬忠跟著昂往基隆市區移動。

「**吞下這個藥丸。**」

他接過昂手中的東西，仔細一看，是顆紅色的藥丸。

「**這是什麼？**」馬場想起了原本秋元警部補在拘留室外要給他的另一顆藥丸。

「**你已經向他們宣戰了。現在起，中心的人會傾全力抓到你，消除你的記憶、讓你『回到正軌』。所以你不能被他們找到，這個藥丸能夠讓你無法被系統搜尋到，每隔一段時間得再吃一次。**」

「**不能被系統……搜尋到？**」

「**嗯……要解釋東西有點多；總之，這個藥能夠讓他們找不到你，剩下的我們到目的地之後再說。**」

昂帶著馬場前進。兩人在臺北基隆道上沉默無語，馬場總覺得自己似乎忽略了什麼重要的關鍵轉折。隨著路途，他發現昂走的路與自己上班前往郡役所的路線如出一轍：

「**那個，我們要去哪裡啊？這裡不是往基隆郡役所的路嗎？**」

「**我們沒有要去郡役所。慈雲寺那邊不可能再回去了，我的另一個基地在郡役所的更北邊。**」

過了日新橋後，昂繼續往前直走，沒有在臺灣銀行基隆支行右轉，馬場才真的放鬆下來。昂在過了港務所後右彎，繼續往入船町的方向移動。時間已經來到凌晨，這段路的民房較少，大多是船務、港務的相關建物，街上也早已空無一人，兩人的腳步聲彷若鐘聲在大街上響徹，令馬場一句話也不敢說，只能閉上嘴巴緊跟著昂，深怕中心的人會從哪裡冒出來把他們逮個正著。相較於此，昂的步伐輕快，一點也沒有試圖躲藏或緊張的樣子。

昂最後在鼻子頭的柳原商店右轉，馬場才終於搞懂兩人的目的地。

「**妳的基地……在日新尋常小學校裡？**」

「**不是。**」

馬場鬆了口氣。

「**——日新尋常小學校『就是』我的基地。**」

「**什麼？**」

「**這個世界沒有小學生，你沒有發現嗎？**」

馬場不是沒有發現，而是從來沒有想過這件事。但他現在注意到了。昂告訴他，仔細觀察的話，就會慢慢發現這個世界有很多不對勁的地方。

「**為什麼要把基地選在這裡？**」馬場問道。

「**首先是學校裡不會有人，所以是個適合躲藏的地方。其次，是這個世界雖然沒有小孩，但是在建物的細節上卻相當講究，所以學校裡的校舍格局也都足夠真實；這代表校舍裡的教室也都與正常教室一樣大。這樣大的單一空間一般房舍是沒有的——我們接下來要做的事情，就需要這樣大的空間。最後還有一點……**」

「**還有一點？**」

兩人正好跨入了日新尋常小學校的校門。

「**學校有圍牆。只要設置得當，不僅能事先知道有其他人試圖闖入，更能在他們靠近之前先發動攻擊。停！**」

馬場在昂的命令下僵在原地不敢動彈；後者蹲下來，伸出右手食指在空中左右來回。過了一會兒，馬場才發現昂的食指就放在一條幾乎看不見的線上。

「這是我之前設置的。線很細，碰到都不一定有感覺；但是只要線斷了，裡面的校舍就會發出警告通知，我們就會知道要做好準備了。」

「準備？」

「對，準備逃走或者應戰。而且，從校門到校舍之間，還有一大片沒有掩體的空地，聰明一點的傢伙，都不會敢擅自強攻，也能為我們爭取應變的時間。」

馬場點了點頭。聽起來的確是適合建立據點的地方。

「昂真是厲害。」

「沒什麼，懂得學習與思考的話，誰都做得到。總而言之，把基地設立在學校，十分便於防守。跟著我走吧。」

昂跨過看不見的細線，馬場也跟著照做，接著兩人繼續往校舍移動。

日新尋常小學校的校舍是一棟兩層樓的長型磚砌建築，長邊的大門面向校門，另有一扇側門位於面向校門左手邊的短邊。昂帶著馬場從側門進入校舍。

「先跟你說，絕對不要去開大門。」

「有設置陷阱嗎？」

昂打了個響指，隨即指向馬場，像是在說「就是那樣」。

走廊在校舍的中間，兩側整齊排列著數間教室；昂說教師辦公室與校長室都在二樓，她所準備的房間也在樓上。

「一樓的教室還沒有確切用途，其中幾間也有裝設陷阱，沒事不要進去。」

馬場試著從走廊看向教室內部，不過大部分的窗戶都塗上了深色的油漆，有一、兩間窗戶沒有油漆的教室，反而因為過於明顯而讓人不敢靠近；這是否也是昂的防敵策略呢？樓梯正對大門，位於校舍的中央位置，上樓之後昂說明教室辦公室與校長室都在背對樓梯左手邊的走廊盡頭，其餘房間則跟樓下一樣是教室。昂告訴馬場，他的臥室在校長室，其他設備則放在教師辦公室內。

「**設備？**」

「**用來學習、思考，並且用來逃離這個世界的設備。**」

馬場想看看到底是什麼設備，但昂搖了搖頭。

「**今天發生了很多事，你先好好休息吧，剩下的明天再說。**」

昂帶馬場來到校長室。木製的地板鋪上了厚重溫暖的深色地毯，代表了這個房間與其他教室的階級差異；但馬場不禁思考，如果所謂的中心連小孩都無法創造，那為何又要對於一個不會使用到的地點如此考究？

校長室內辦公桌椅、會客用的沙發與茶几、裝飾用的盆栽一應俱全，就好像正等著某個永遠不會出現的校長前來使用一般。沙發上堆著一團被鋪，看來是昂事先幫馬場準備好的東西；她點起一根蠟燭，放在校長辦公桌上。

「**雖然不會有人前來這裡，校長室也沒有面對學校大門，但保險起見，還是別把房間弄得太亮；這支蠟燭的光應該夠你用了。**」

「**謝謝。**」馬場對昂點了點頭。

「**那就晚安了。**」說罷，昂便要離開校長室。

「**等等！**」馬場見狀，趕緊叫住昂。

「怎麼了？還有缺什麼東西嗎？」

「啊，不是。這個……該怎麼說呢？有太多的問題需要釐清了，雖然妳說我們具有共同的目標，可以一起逃出『母親』，但到底該怎麼做？逃出母親之後，我們又要怎麼逃出那個實驗中心？離開母親之後，我對現實世界的認知會恢復嗎？記憶會恢復嗎？如果不會的話，回到現實世界之後我又該怎麼辦呢？」

昂轉過身來，看著馬場，眼中有一絲溫柔，或者甚至是憐憫。

「再過不久就要天亮了。問題的答案，等你休息夠了，我們再來討論。可以嗎？」

馬場發現自己目不轉睛地盯著昂的雙眼，趕緊別開視線，點了點頭。

「晚安。」

□

校長室的窗戶面向山坡，等光亮照進室內，已經接近了正午。馬場躺在沙發上，想著自己的未來。

他正處於進退無路的處境中。雖然已經確認了涼子的真實身分以及這個世界的虛假，他依然無法確定自己能否信任昂；後者至今依舊沒有說明自己的身分——她究竟是誰？為什麼會知道這麼多事情？她也像馬場一樣，曾經是被實驗的對象嗎？或者是實驗中心裡良心發現的人員？還是第三方勢力滲透進母親中，卻找不到出去的路？

現在，馬場可以確認的事，是昂需要自己；而對此時此刻之外毫無認知的自己，也需要昂。

所以馬場只能起身，繼續往前進。

昂就站在門外等著馬場。她將手上的毛

巾交給馬場，告訴馬場可以去樓下的便所洗手檯處簡單盥洗，自己會在二樓的教師辦公室前等他。馬場獨自前往一樓，在木製的樓梯上踩出難聽的聲響。

下了樓梯後左轉，便所就在一樓走廊的盡頭左手邊，等於是校長室的正下方。會把便所設置在一樓，與許是為了節省把管線拉上二樓的成本。馬場在男廁簡單擦拭了身體、洗了臉，再度往樓上走去。站在教師辦公室前的昂看到馬場走來，便打開辦公室的門走了進去；馬場加快腳步，緊跟在後。

教師辦公室比起校長室大了不少，裡面有好幾張給教師們使用的辦公桌椅。但跟校長室內空無一物的辦公桌不同，這裡的辦公桌上擺放著各式各樣馬場沒見過的器材：方形的金屬盒放在桌面的角落，桌子中間則豎立著一張金屬薄片，薄片前有著像是打字機文字盤的東西。這幾樣物品透過幾條管線連接在一起，構成了某種器材套組；這樣的套組在辦公室內有好幾組，分別放在不同的辦公桌上。不過，其中只有一個套組多了一個特別的裝置；這個裝置的主體是半圓形的金屬製物品，在弧形的兩端同樣有線路連結到金屬盒子。

馬場將眼光放到遠處，隨即發現辦公室裡還有許多他有點印象的物品——方正的盒子裝設在金屬支架中，這些金屬支架整齊地靠在房門對面的牆邊，至少有四、五個；盒子後面同樣有管線連接，有幾條還是從辦公桌上的套組延伸過去的。

這些金屬支架與盒子就跟馬場在郡役所二樓禁室中看到的一樣。

「這些東西是？」馬場看向昂。

「給你使用的設備。」

「給我？」

「你還記得我們第一次見面時，我問你是不是工程師嗎？」

馬場點了點頭。

「你說，你不會造火車頭；我當時只覺得這傢伙在鬼扯什麼？後來才發覺原來你不知道母親的真相。」

「現在我知道了。但，這跟工程師有什麼關係？」

「工程師在這個時空未來的幾十年後，有了不一樣的意義；或者說，有一種新的、有別於建設工程的產業誕生了。」

「有別於建設工程……」

「嗯，叫資訊工程。」

「……原來如此？」

「在資訊工程的領域中，工程師做的事情跟過去的工程學類似，就是構築出某樣物件。建設工程用木材、金屬材蓋建築物、組裝自動車與火車；在資訊工程裡，工程師則是用符號、數字、語言來創造邏輯、建構程序。」

「聽起來像是巫術。」馬場輕笑。

「以你現在的認知，會這樣想也無可厚非；實際上，比起魔法，這跟科技的發展更有關連。有賴電子計算機與電子通信網的誕生，人類在這個時空距今五十年後，開始進入無法脫離電子生活的社會環境中。而資訊工程也需要工程師，你，就是一個資訊工程師。」

「我？」

「至少我查到的資料是這麼說的。你在成為被實驗者之前，是個工程師。至於你究竟還記得多少資訊工程的知識與操作，我們很快就會知道了。」

「**我怎麼可能記得任何這些東西？**」馬場有點洩氣地回道。

「**潛層記憶上可能沒有，不過據說人對於『習慣』有種異常的執念，或許當你重新接觸這些東西後，認知也會慢慢恢復。**」

「**『舊習難改』嗎……**」馬場自言自語道。

昂露出微笑，接著走到辦公桌旁，指著桌上的成套器材說：

「**這個，就是電子計算機。這個機器透過電子回路進行高速數位運算，除了簡單的數值計算，還能進行情報與資料處理、控制與其連線的其他電子器材、進行比打字機更複雜的文書作成，甚至創造數位的、虛擬的世界。**」

「**啊，難不成……**」

昂點了點頭。

「**『母親』的世界，也是透過電子計算機跟其他相關技術所模擬出來的。當然不是用這台電子計算機做的——**」昂看著馬場驚訝的表情，揚起嘴角，「**要模擬出規模如此巨大的世界，演算出各式各樣的建築物、虛擬智慧，同時維持真實的日夜交替、天氣轉變、物理法則，並且將人類的意識與其連結，並不是這樣一小台電子計算機可以完成的，通常會需要後面這些伺服器。**」昂指向靠在牆邊的成排金屬支架。

「**鯖魚**※**？是代稱嗎？**」

昂笑了出來。

「**不是鯖魚，是伺服器。嗯……把它想像成一個為電子計算機服務的器材吧。我們第一次相見的地方，就是那個基隆郡役所裡的房間，裡面的櫃子裝的就是像這樣的伺服器。那裡處理的資料，應該就是基隆郡與基**

隆市一帶的世界數據，以及工作人員、實驗對象的資料。」

「『處理』是什麼意思？」馬場發問。

站在辦公桌旁的昂向前走了幾步、拉開辦公椅，示意馬場過來坐下。待馬場坐定，她便走到桌上的金屬盒子邊，按下一個按鈕；金屬盒子隨即發出某種馬場熟悉的聲響。

「這聲音……我好像也在郡役所的禁室內聽到過。」

昂笑了出來。

「這只是風扇的聲音。電子儀器在運轉過程中會散發高溫，高溫會導致電子儀器效率降低，甚至損壞；所以大多數的大型電子儀器都會在內部裝設風扇，將熱氣排放出儀器外。」

馬場「喔」了一聲，眼前的金屬薄片剛好在此時亮了起來。深色的背景上，幾個字符憑空冒了出來，讓馬場推了推眼鏡、睜大眼睛；字符最末，一個短小的橫線不停閃爍。

「你看得懂英吉利語嗎？」昂問道。

「我……我不知道。」馬場從來沒有想過這個問題。反過來說，這應該是他第一次聽到「**英吉利語**」這個東西；但他反而完全明白昂的指涉。昂指向金屬薄片，指引馬場的目光。

「看得懂第一行寫了什麼嗎？」

馬場仔細盯著金屬薄片上的字符，發現自己竟然唸得出來，但幾個字眼卻不太明白意思。

「呃，歡迎來到……賽芙羅斯？」

昂露出鬆了一口氣的表情，再度露出微笑。

「賽芙羅斯是『鈴木實驗性仮想現實操作系統』的簡稱。這個螢幕可以將我們周遭

的世界轉化成原始的文字符號，讓我們理解這個世界的運作方式；當你足夠熟悉系統的操作方式後，甚至可以竄改系統的規則。」

馬場聽懂了昂的意思：

「所以，這就是我們用來逃離這個世界的工具。」

「對。」

馬場深吸了一口氣。

「你的任務——」昂換了一種語氣，用更為嚴肅的態度向馬場說道：「是重新學習成為一個工程師，透過這些能夠輔助你的電子計算機，找到讓我們突破、逃出這個世界的方式；有必要的話，你還需要從工程師變成一個駭客。」

「駭客？那是什麼？」

「嗯……等之後有需要的時候再告訴你吧。」

「喔。」馬場對現實和未來一無所知。這讓他感覺手足無措，甚至有些丟臉；這種羞愧感，讓他變得更具有攻擊性。於是他反問昂：

「那妳的任務是什麼？」

「我沒有辦法改變母親的程式碼，但我可以在你嘗試的過程中保護你。」

「保護我？」

「對。我不是說了中心的人今後會傾全力把你抓回去嗎？你以為他們只會派警察找你嗎？你以為你一個人可以戰勝他們所有人嗎？你需要我，而我也需要你。」

「妳……妳也不過是一個人。」昂的話稍微傷到了馬場的男性尊嚴，「難道多妳一個人就有辦法擊退他們嗎？」

「當然可以。」昂又恢復了笑容。她把嘴巴湊近馬場的耳朵，小聲說道：

「我懂功夫。」

□

昂制訂了詳細的生活規範。馬場在大多數情況下不能離開日新尋常小學校的校舍，也不能進入大多數的校舍教室；他的活動範圍被限制在二樓的校長室、教師辦公室與一樓的便所。馬場起先很不滿意這樣的安排，但昂每天都需要為他們張羅食物、確認小學校附近設置的警報與陷阱是否正常運作；甚至得時常前往其他地方，製造兩人出沒於該處的假象，以此誤導實驗中心的人。從這些事務的重擔來看，馬場只需要待在校舍內操作電子計算機，他也難有什麼怨言了。

後來的幾天，馬場通常都見不到昂。當他在校長室的沙發上醒來時，清粥與醬菜就已經擺在他面前了；馬場會在吃完之後自己將碗盤帶到樓下便所的洗手檯清洗乾淨，然後把碗盤斜放在檯子與牆壁的連結處晾乾。接著，馬場就會前往教師辦公室，開始一天的訓練、學習與研究。

昂不知從哪裡找來了一本厚重的資訊工程教科書，馬場認分地一點一點重新理解自己理應知悉的一切知識。昂告訴馬場，可以先使用放在辦公室最裡面的電子計算機練習；根據昂的說法，這台電子計算機少了一條與外部連結的線，等於是「虛擬世界中的虛擬作業環境」，在這台電子計算機上練習，並不會讓實驗中心的人察覺到系統被入侵或被改寫，馬場可以安心練習各種操作。

昂會在中午左右回到校舍，為馬場帶來午餐。兩人會回到校長室用餐，而每天的午餐菜色都不太一樣。馬場每次都想開口詢問昂，這些食物是從哪裡來的，卻終究無法開口；馬場依舊覺得自己不夠認識昂。她是用什麼樣的手段獲得這些食物的呢？金錢？偷竊？或者暴力？說到底，這些食物真的是食物嗎？如果照昂所說，這個世界裡，除了他的意識外，其他一切都只是字符構成的幻覺，那飲食還有任何意義嗎？自己又真的有必要維持飲食嗎？

午餐過後，昂就會再度消失，馬場也回到教師辦公室繼續與全新的工程學奮戰。不過，通常到了三時的點心時刻，馬場的注意力也早已無法集中，思緒也飄向其他地方了。

這種時候，最適合整理自己的思緒了。

馬場常常在昂不在的時候想她。所謂的「想她」，有好幾層意思——首先，馬場會想，昂到底是什麼人？畢竟，昂至今依然不曾老實告知自己的身分；再者，馬場也經常思考為什麼昂懂得這麼多，而這當然與她的身分、背景有所關連，所以馬場通常也無法整理出自己推測的答案；最後，馬場通常也會思考著，自己為什麼總是想著昂，而這也讓他陷入了巨大的困境。

他的第一個反應是抗拒。他會告訴自己，自己已經是有婦之夫了，怎麼可以對其他女性抱持莫名的想法？然後，他就會想到，自己其實並沒有跟涼子結婚，涼子從頭到尾都只是「扮演」著他的妻子而已。那麼，從這樣的角度來思考的話，他就會開始疑惑，自己在現實世界中是否有妻小？甚至，就像涼子曾經暗示的那樣，如果涼子在現實中可能是男性的話，那他在現實中是不是也有可能是女性？

思考到了這個階段，馬場會下意識地甩甩腦袋，試著忘掉這些思緒，重新把注意力集中到資訊工程的學習與訓練上。

也有些時候，馬場會順著這樣的思考脈絡想著自己；而問題依舊是那個從他還不知道這個世界是虛構時，就一直纏繞在自己身上、將自己割得遍體鱗傷的藤蔓——我到底是誰？

他幾乎已經被涼子說服了。在總督府的統治下，馬場作為本島人的生活或許說不上艱辛，然而那種被箝制、被掐住喉嚨的感覺一直都在，只是馬場總是視而不見而已；直到這陣子，當涼子終於敞開心胸跟他討論起殖民政府的本質內涵，以及殖民體制的根本問題後，馬場才真正意識到這些桎梏本島人的枷鎖。但就在他開始想要作為一名臺灣人活下去的時候，卻發現這個被大日本帝國殖民的島嶼是虛構的。

這個真相導致了兩個新問題的產生。第一：涼子既然是這個實驗中心的員工，就代表了實驗中心有意要讓馬場在意識形態上往「自己是臺灣人、不是日本人」的方向發展；但這麼做的用意與目的是什麼？第二：如果這個世界是虛構的、是「母親」，那麼現實世界中的馬場到底是什麼人？臺灣人？日本人？或者……

太陽消失在地平線之下後，昂再度回到校舍。晚餐是兩條鹽烤鯖魚、味噌煮白蘿蔔和清粥；昂通常會在馬場用餐時離開校長室，馬場總覺得是昂不想跟他一起用餐，但今天昂把晚餐帶回來後，便倚在房門旁的牆邊，似乎沒有離開的打算。馬場準備開動時，看著不發一語的昂，只能主動開口：

「**妳今天……要一起吃嗎？**」

「**嗯，不用。**」

「**所以……妳要站在那邊看著我吃？**」

昂又露出了那個有點調皮的笑容。

「**這樣你會不好意思啊？**」昂回問道。

「**只是覺得很奇怪而已。**」馬場故作鎮定。他小聲說了句開動了，便用筷子夾起魚肉、放入碗中，配著清粥吞下肚。

昂將身體從牆上移開，坐到沙發的另一端，津津有味地看著馬場。馬場被看得不太自在，只好主動開口：

「**……妳吃過了嗎？**」

好像只是專注於馬場進食的行為，而非馬場本人那樣，昂在馬場提出問題後過了幾秒才反應過來。

「**什麼？喔，嗯。**」

馬場用筷子把蘿蔔夾斷成適合放入口中的大小，以碗就口配著清粥吃下去。他一面咀嚼一面看著昂，不知為何，覺得現在是個詢問自己真實樣貌的好時機。

「**妳之前說妳知道我是工程師……**」

昂把目光從馬場手中的碗移到他的眼睛。

「**這代表妳知道我在現實世界的身分，對吧？**」

昂挺直身子，感覺到這段對話不再只是輕鬆的閒話家常了。

「**對。我找到辦法入侵了實驗中心的資料庫，尋找被實驗對象中有沒有能幫助我離開母親的人選；因為查到了你在現實世界中曾經是工程師，所以我選擇了你。**」

「**那我在真實的世界中，也是臺灣人嗎？**」

雖然只有一瞬間，馬場還是看到昂的眉頭皺了一下。他裝作沒事地又吃了一口鯖魚，等待昂的回答。

「**……我不知道。**」昂回道。

「**不知道？**」

「**入侵資料庫的時候，我只在乎誰有能**

力幫助我；這個能力跟對方是哪裡人、什麼性別沒關係，所以我在確認資訊的時候沒有去看那些東西。」

「**好吧。**」馬場有點失望，但即便昂的解釋似乎說得通，他也還不想那麼快放棄，「**那妳有看到關於我的其他資訊嗎？任何資訊？比如我的出生時間？在哪裡出生的？為什麼會進入這個實驗中心？**」

昂雙手抱胸，沉默不語許久，才緩緩開口：

「**抱歉，我沒有注意到其他資訊。**」

馬場把碗筷放下，感覺心臟的跳動清晰而強烈。

「**那妳呢？妳的身分又是什麼？妳從來不願意正面回覆我，要我怎麼信任妳？妳到底是誰？**」

昂的表情有些難過，這讓馬場有些不忍；但他說的不是氣話，他的確必須要能夠信任昂，才有辦法繼續跟昂一起合作。

「**我不是本島人，也不是內地人。**」昂的語氣扁平，好像在壓抑著什麼一樣。

「**不是本島人也不是內地人，那是什麼意思？**」

「**你就當我是生蕃吧。**」昂這樣回道。

「**生蕃？怎麼可能。**」馬場對昂的回答感到好氣又好笑，「**妳的意思就是妳不是被實驗者，也不是實驗中心的員工吧？雖然妳給予了兩個否定，卻無法告訴我肯定的答案？**」

「……**我需要你相信我。**」昂的表情有些愧疚。

「**妳有所隱瞞，我要怎麼相信？**」馬場的語氣平緩。他也試圖在壓抑著什麼東西。

他重新拿起碗筷，想趁飯菜還夠熱時把晚餐

吃完。他與昂的對峙，是一場危險的賭注，如果昂真的另有所圖，那馬場能怎麼辦？昂若不是放棄互相幫助的現況，甚至還有可能會令馬場被抓回郡役所，落得跟中村的下場一樣……中村的下場是什麼呢？大概就是消除記憶，重新再來過了吧。

換句話說，馬場現在幾乎等同是在哀求著昂把真相告訴自己了。

「**我需要——**」昂過了許久才又開口，「**我需要你相信，我需要你。**」她的聲音小而微弱，不禁令馬場有些心軟。

「**你如果知道了我的身分，就不一定會幫我了。**」低著頭的昂聲音有些變調，馬場不知道她是不是哭了。

「**我不知道妳的身分，又怎麼能幫妳呢？**」馬場反問。

昂低著頭，沒有回應，看來是打定主意不會告訴馬場了，而馬場對此也無可奈何。

「**至少告訴我現實中的妳長什麼樣子吧？這樣，當我們成功逃出這裡時，我可以知道要找誰。**」

「**我不知道。**」

「**不知道？啊……**」馬場這才察覺，昂或許也喪失了某些記憶。她不是本島人，也不是內地人，卻進入了這樣的世界，是否代表她是個「誤入」母親的個體呢？這樣的話，她的確難以告訴馬場自己的身分。

「**——我也不知道，知道自己在現實中的樣子為什麼那麼重要？**」昂的語氣加強了不少，顯然馬場不斷的逼問也造成了她的情緒波動。但這反而讓馬場產生了疑惑。

「**因為這關乎我們的認同。**」

「**認同？**」昂把頭抬起來，馬場注意到她的眼角閃閃發光。

「嗯，認同。不管在哪個時空，不管是真實還是虛構，認同都是建構一個人的基本認知、價值觀、道德判斷的基礎不是嗎？這大概也是這個實驗中心之所以想要改變被實驗體認同的原因？所以瞭解自己現實中真正的樣貌，也有助於理解我為何會被抓來實驗，以及逃出母親之後，該如何生存。」

「原來如此。」昂點了點頭。

「所以說，比如說我的真實姓名、我的性別、我的年齡、我的家族組成……國籍、政治立場，或者我的族群認同？人種？這些事物，如果昂知道，並且能夠告訴我的話，就太好了。」馬場說完，臉上帶著淺淺的笑容，鼓勵對方透露出任何訊息。

但昂皺起了眉頭。

「……國籍？」

「國籍怎麼了？」

「族群嗎……」昂好像在自言自語般，頭又低了下來，「人們還真喜歡將自己分門別類呢！」

馬場不開心了。

「妳難道不也是把自己歸類為生蕃嗎？還是妳不認為這是自己的族群？」

昂抬頭看了馬場一眼。那眼神讓馬場立即就對自己的話語感到了後悔。

「這些觀念——」重新把頭低下的昂回道：「已經不存在於現實了。」

「嗯？什麼意思？」

「國家、民族這樣的分別，在現實世界中已經不存在了。」

「為什麼？」

「因為國家與民族已經不存在了。現在的現實世界裡，只有企業。」

「……我不明白。」

昂嘆了口氣。重新抬起頭來時，她的眼神已經跟剛才不一樣了；像是個沒有情緒的機器般，昂用著複述的語氣再度開口：

「不久後……我是說，你在母親裡的認知中，大日本帝國剛發生了日支事變對吧？這場事件演進成了日支戰爭，加上歐洲的獨逸國和伊太力國，三國合作組成了樞軸國，與米國、支那、大英帝國、蘇維埃聯邦、佛蘭西組成的聯合國展開世界性的戰爭。」

「世界性的戰爭？妳是說，世界大戰？」

「對，後來這場戰爭就被稱為第二次世界大戰。樞軸國戰敗，納粹統治的獨逸國被瓜分成東獨與西獨，分別被蘇聯與其他聯合國成員控制；大日本帝國更是被投下兩顆原子爆彈，受到重創。」

「原子爆彈是什麼？」

「嗯……解釋起來會很麻煩，也不是我想說的重點；簡單來說，就是當時世界上破壞力最強的爆彈。這兩顆爆彈分別打在廣島與長崎，直接摧毀了這兩座城市。」

「一顆爆彈就足以摧毀一座城市……」

「第二次世界大戰後，和平維持了好一段時間，但區域性的戰事依舊不斷；朝鮮、越南、伊拉久、阿富汗斯坦、宇克蘭、臺灣……最終，人類依舊重蹈覆轍，把區域性戰事擴張到了全球性的戰爭，於是第三次世界大戰爆發。」

「那是什麼時候的事？」

「差不多在九十年後吧……就好像前兩次的世界大戰改變了世界的局勢與社會型態那樣，第三次世界大戰一樣改變了一切。首先是原子爆彈的大量投入，導致了大量人口的死亡，以及大量陸地不再適合人類生存。」

「為什麼？原子爆彈有毒嗎？」

「嗯，你就這樣理解吧。也就是因為這樣史無前例的、全面性的破壞，讓戰勝國與戰敗國都同樣悲慘，沒有一個國家的政府能夠負擔這樣的復原作業。所以各國政府只能尋求大企業的協助，從資金到實務，政府全面仰賴尚有能力的企業來進行重建……最後，企業反而取代了政府的機能。」

「取代了政府？也就是說……國家成為了企業、統治者成為了企業家、人民成為了……員工？」

「正是如此。所以現實中，早就沒有哪個人會以身為大日本帝國的國民為榮了，當然也就不會有什麼本島人、內地人之分。」

馬場雙手抱胸，眉頭深鎖；他的心中充滿疑惑，如果現實世界中，國家、民族早已不具意義，那麼為何實驗中心卻要讓他們這些被實驗的對象，產生國族上的認同呢？

「所以，創造出母親的這個實驗中心，也是某個企業下的組織？」

昂點了點頭，說道：

「鈴木醫學，鈴木財閥旗下子會社。」

「鈴木醫學……等等，所以這個『實驗中心』，實際上是『醫學實驗中心』？」

「對。鈴木財閥在第三次世界大戰後崛起，不但承包了多數日本政府戰後的復興工程，更進一步擴張版圖到整個東亞；他們在東亞各地成立醫療中心，表面上出於人道精神，試圖治療各地受到原爆傷害的人民，實際上卻是在各中心進行這樣的實驗。」

昂在說到「**這樣**」時，指了指地面。

「**……不敢相信。**」沉默許久，馬場只能擠出這幾個字。

昂看著馬場，臉上帶著一絲憂傷，許久之後才開口繼續說道：

「現在的世界已經沒有哪個人以身為某國國民自豪了，相反的，人們改以作為『社員』為榮。」

「原來如此，這代表了並非所有人都是『社員』？」

「世界上總還是有些人，連打掃辦公室都做不來。」

「那樣的人……有辦法在那樣的世界中生存嗎？」

「財閥的觸手並非無所不在。而且，遊走邊緣的事務，企業不會以自己的名義去處理，所以非社員的存在對他們來說反而是好事。」

「我是……我是社員嗎？」

「我不知道。」

馬場嘆了口氣。

「——但我想……你應該是原爆的受害者。」

「什麼？」

「這是進入中心進行治療的必要條件，所以你一定也是傷患之一。」

「妳確定嗎？」

「我沒有直接確認過資料，只是透過其他資訊做出的推測。如果你不是傷患的話，會進入實驗中心的原因可能就只剩下……」

「剩下什麼？」

「你是被抓進去的。可能得罪了鈴木財閥中的誰之類的。」

馬場沉默。

「只是一種可能性而已。」昂小聲補充道。

「所以……現實中的我原本是工程師，如果不是因為原爆的關係進了鈴木醫學的實驗中心，被他們藉故拿來實驗，就是我做了

什麼事情，因此被他們抓來實驗中心『懲罰』。」

「嗯。」

「**而且，現實中早已沒有國族的分別，沒有人在乎自己是本島人還是內地人，只有社員與非社員的差異。**」

「……**對。**」

馬場的呼吸急促起來。他有種莫名的怒火被點燃了。他不知道自己這些日子以來到底為什麼而活。他氣內地人，也氣鈴木財閥對他的操控。不過……

「**是說……鈴木財閥的領頭人，是叫個鈴木的日本人吧？**」

昂點了點頭。

「**所以在鈴木財閥中，社員都講日本語？**」

「**應該是這樣沒錯。**」

「**那這跟受日本統治有什麼差別……**」

馬場這句話講得很小聲，讓昂帶著疑惑的表情歪頭看著他。昂的反應讓馬場稍微舒緩了些，也擠出了點笑容。

「那妳會講本島語嗎？」馬場換回過去在家中與涼子對話的語言問昂。

「沒有日本語那麼熟悉，但我會。」

「很好，以後我們就這樣對話吧。」

「為什麼？」

「……因為我要反抗。」

他把眼鏡推回鼻樑，站起來走向校長室門口，「我要去教師辦公室繼續練習了。」

昂看著馬場離開的身影，欲言又止。

第六章　電腦人間・上

在幾天內，馬忠快速掌握了程式語言，逐漸瞭解了「母親」的運作方式。

最初，馬忠以為自己身處於一場幻覺、夢境；但昂告訴他，母親的世界是用電子計算機模擬出來的。直到馬忠掌握了母親的程式語言後，他才懂得昂的意思——實際上，要說母親是一場幻覺也並非全然錯誤。母親是一種「仮想現實」，透過兩種方式將人的意識連結到這個假想現實中，其一，是以外來電子模擬腦信號，藉以創造出虛構的、假想的資訊予大腦，讓被連結者的大腦誤認、虛構出周遭環境，從而讓人的意識進入這個架構在實驗中心伺服器中的仮想現實；被祕密實驗的對象都是以這種方式與母親連結，讓他們完全無法察覺現實，以此強化母親的真實性。

其二，則是透過各種外部設備來讓人部分體驗到母親的輪廓。多虧了昂設置在教師辦公室的設備，讓馬忠可以理解到第二種連結方式：實驗中心的工作人員與馬忠這樣的被實驗體不同，不會長時間地與母親相連結；他們使用的連結方式更為簡便，以一種特殊的眼鏡來讓母親的視覺環境投入眼中——那種眼鏡就是放在其中一套電子計算機旁的半圓形金屬製品。將其如眼鏡般架在眼前，啟動之後半圓形金屬便會投射出母親的影像，讓使用者感覺到身歷其境的母親環境；此外，工作人員也會在身上安裝特殊裝備，創造出間接性的母親環境體感，他們可以透過簡單的設定指令來完成許多基本動作，也可以在有限環境下指揮身體，讓母親中投射的分身做出與現實中人員一樣的動作。相較於第一種連結，這種倚靠外部設備來體驗母親的方式較為單薄，無法讓人完整感知到母親的各種細節，卻可以快速進出現實與假象中，是實驗中心的工作人員進出母親的主要方式。馬忠後來推測，內地公務員的瞬間移動，以及他當晚回到家不久後涼子才從房裡出來，都是透過這種外接裝置進行的。

這些事情，都是馬忠透過解讀母親的程式碼之後瞭解的。程式碼是透過英語及數學構成的，像是一種以邏輯構築出來的巨大生命體；馬忠訝異的，是他除了數學還不錯外，對於程式碼中的英語更是瞭如指掌，或許這些知識都存在於自己原本的大腦中，而實驗中心並沒有費心於將其消除、封印吧。

透過昂的指導與馬忠自己的重新學習，他逐漸明白母親的原理，而所謂的「逃離母親」，實際上就是要馬忠透過教師辦公室內的電子計算機，解除或者破壞他們與母親的連結程序，讓他們的意識離開母親、回到現實。這其中勢必有某些鋩角需要謹慎處理，如果沒弄好，兩人的意識脫離了母親，卻沒有辦法回到自己的大腦中，就有可能導致腦死；如果意識只脫離了一半，大腦無法理解同時存在兩個現實的情況，也可能導致理解障礙，最終使得自己發瘋。

昂告訴馬忠，在廣大的母親假想現實外，整個虛構的世界還被包覆在鈴木財閥的內部網路中。這個企業內部網路與現實世界的網路沒有連結，可以確保圖謀不軌的人無法從外部入侵，得知企業機密；反過來說，從內部來的攻擊就無能為力了。兩人的意識如果成功逃脫母親，便會先進入鈴木內網，理論上，意識會自主透過連結的程序返回各自的大腦，但昂判斷母親可能會有阻擋非核定意識轉送的警戒機制，所以兩人的意識被阻斷在鈴木內網的機率也存在著。假若真的發生這樣的情況，他們就得從該處找到返回自己大腦的方式，才得以逃脫母親、逃脫實驗中心、逃脫鈴木財閥。

這段時間裡，馬忠基本上依然維持著足不出戶的生活。昂每天為他張羅食物，其餘時間，除了盥洗、如廁與休眠，馬忠都泡在資訊工程的浩瀚汪洋中；只有少數幾個晚上，他會在昂的允許下，與昂一同在深夜無人的日新尋常小學校內散散步。對馬忠來說，這是一種活絡筋骨、呼吸新鮮空氣的美好調劑，而且還能跟昂走在一起……但這樣的想法卻很難向昂訴說，對方可能只會反問馬忠：「你覺得你呼吸的是空氣嗎？」

前幾天的晚餐，昂少見地主動開口：

「好吃嗎？牛肉。」

馬忠抬起頭，露出有些疑惑的表情；這些牛肉應該不是昂自己煮的吧？但馬忠還是客套地回應：

「嗯，很好吃。」

昂看著馬忠，沒有延續話題，為免尷尬，馬忠於是又開口：

「呃，牛肉滿少見的，妳是在哪裡找到的？」

但昂只是看著馬忠，沒有回話。馬忠覺得有些莫名其妙，但也不想自討沒趣地繼續嘗試對話，所以只能低頭繼續用餐。等到馬忠吃完了所有東西，昂才饒富趣味地開口道：

「牛肉好吃嗎？」

「嗯？妳剛才不是問過了嗎？」

「但你剛才有吃牛肉嗎？」

「什麼意思？我不是吃完了嗎？」

昂把身體往前傾，再度露出了有些調皮的表情：

「你真的有吃嗎？」

馬忠終於搞懂了。

「你是怎麼確定你吃的是牛肉的？」昂繼續提出問題，「你怎麼確定牛肉應該是那個味道？實驗中心的人是怎麼把味道數據化，並重現在母親中的？」

馬忠沒有答案。

「而且，說到底，在母親中飲食真的有意義嗎？」昂提出最後的疑問。

「所以妳覺得我們其實不需要吃飯喝水嗎？」

「嗯……我覺得沒那麼簡單。」昂站起來，開始在校長室內踱步。

「與實驗中心人員的低度連結不同，如果大腦與母親有了深度連結，那個人的所有感知都會只與母親相連；也就是說，被實驗體對於現實不會有任何感知，那麼即便現實中，中心人員會灌食或注射營養針，大腦也不會有飽足的反應。」昂推測道。

「原來如此……所以即便現實中工作人員有照顧到我們的基本需求，我們也需要在母親中有飲食的行為，才能讓大腦理解、讓大腦如常運作嗎……」馬忠說道：「不過……現在我已經知道了這個世界是虛構的，那不就代表大腦也理解了這個情況嗎？」

「理性上，你知道這是虛構、虛假的，實際上並沒有吃下任何東西；但大腦的認知並非只靠理性意識，還有電子訊號賦予的知覺。我們用手拿起碗筷、將飯菜送進口中，接著透過齒舌咀嚼、品嚐味道質地，最後吞嚥進入胃中，身體也感覺到沉澱及滿足——這些身體的動作經驗同樣幫助大腦理解了什麼是『飽足』，強化了假象的真實性。反過來說，如果沒有這些儀式，大腦便無法獲得認知的滿足，從而開始影響本來就不真實的肉體。我猜在真實世界的中心裡，他們也會定期餵食被實驗體，以讓你們的身體能夠繼續在這裡正常運作吧。」昂說，然後她露出笑容，「今天的晚餐是從基隆郡役所偷來的。」

「什麼？」

「我得定期過去探尋他們追查你行蹤的進度，就順手偷了一些食物而已。」

「不過妳剛剛說工作人員的低度連結是不需要在母親中進食的吧？所以這個食物……」

「啊，可能是還留在基隆郡役所的那個被實驗者的？」

「神田的便當啊……對不起了，神田。」

□

兩天後，馬忠在母親的程式碼中找到了自己跟昂的程式序列。

在這之前，馬忠花費了大量心力在搜尋自己的序列上；透過理解母親的程式語言，他逐步掌握了背景人物、工作人員與被實驗者的序列基準。首先，背景人物被簡單分為兩種型態，第一種是完全的背景人物，這種序列不會與其他序列接觸、互動，只會透過設定好的固定流程，進行每一天的作息循環；他們被安排在距離郡役所最遠的外圍環境中——就像馬忠與昂那天晚上前往的明治町一帶——產生出郡內生氣勃勃的錯覺。第二種則是具備一定社交反應能力、配備虛擬智慧的背景人物，通常是被實驗者的鄰居、特定店家的店主，或者因為特殊事件需要而創造出來的臨時角色；例如年初將新植栽載到郡役所的貨車司機，或者役所內的本島公務員們。

這些背景人物的程式序列簡單易懂，工作人員的序列就複雜得多了。他們的序列更加龐雜，也多出了許多昂稱為「插槽」的序列空白；這些空白處可以隨時以該員想要的方式「填補」上特定內容——舉例來說，這名工作人員遇到了逃跑的被實驗者，當他需要追蹤對方時，就可以將「追蹤技能」裝上插槽，從而具有能夠分析、追查對方的能力。因此，根據工作人員在母親中的不同職責，每個人分配到的技能都不盡相同，也能因應狀況，隨時補充其他所需能力，足以讓實驗中心的員工們應變各種事務。

最後，則是被實驗者、馬忠自己的程式序列。被實驗者的序列是三者之中最長的，甚至是背景人物的十倍有餘；這主要是為了抑制對象的現實感知，阻斷大腦對現實的所有連結所致。但除此之外，分別對照了神田、自己與昂的序列後，馬忠也發現了每個被實驗者的序列似乎都有著極大差異——神田的序列顯示鈴木醫學花費了大量的編碼來阻擋他的記憶進入母親中，但馬忠的序列中卻幾乎沒有阻止現實記憶進入母親的程式語言；

相對於此，馬忠的序列則增添了許多輔助身體機能的編碼，而且並非「強化」身體機能，似乎只是想要「確保」馬場的身體機能正常運作而已，這在神田的序列中是看不到的。

更奇怪的，是昂的序列。只要是與外部——現實世界——有所連結的程式序列，都會在序列中有一段明顯的標記；即便實驗中心的工作人員與被實驗者的標記樣式不同，但標記處明顯可見，是雙方都有的特徵。然而昂沒有這段序列標記。馬忠困惑不已，但這也證實了他之前的猜測：昂很有可能是透過某種方式自己入侵母親的，也因此不具有鈴木醫學的標記。那麼她進入母親的目的究竟是什麼？不僅如此，昂的序列還有許多跟神田、馬忠都截然不同的程式語言。無法顯示與現實的連結或許還情有可原，序列中也沒有任何控制、抑制機制編碼，畢竟昂是透過不明方式入侵的；然而，昂的序列中卻同樣沒有任何標示身分的程式語言，從性別、年齡到身體數據、外觀樣貌的編碼都不存在。這樣的數據不存在的話，那昂如何把自己的外貌投射進母親中，或者說，如何讓自己在母親中具像化呢？反過來說，即便沒有這些編碼，昂的序列依然複雜而難以解讀，其中似乎有許多無意義，或者可以稱之為「斷簡殘編」的編碼……這是入侵母親而造成的序列錯誤嗎？

而這還不是馬忠最大的疑惑。透過研究自己的程式序列，馬忠大致上明白了如何讓自己脫離母親的方式，只要解除序列中阻斷現實感知的編碼，他的意識就會自主地往自己的大腦移動回去；當然，就如同昂所說的，他們或許還要面對鈴木財閥內部網路的其他難關。然而，問題就在於昂的序列一開始就沒有阻斷與現實連結的編碼，當然也就無從解除。

馬忠決定要在午餐時間跟昂討論看看。

然而今天有點不一樣。到了平常昂會回來的時間，馬忠卻依然獨自身處教師辦公室中。他必須要壓抑自己想要開窗、開門出去尋找昂的衝動，否則昂回來之後一定會不開心。可是在太陽已經西斜之際，馬忠還是按捺不住性子，慢慢走下樓。馬忠下了意識地走得很慢，似乎期望在自己走到校舍側門前，昂會先自己走進來；然而當昂真的衝進門時，馬忠反而嚇了一大跳，還差點拔腿就往樓上逃去。

昂在門口喘著氣，讓馬忠忍不住想問她是不是以為自己呼吸的是空氣；但昂隨即抬起頭來，看到馬忠就在眼前，露出了有點驚訝的表情。

「怎麼回事？」馬忠把自己的嘲諷收斂起來。

「……被發現了。」

「什麼？」

「他們找到我了，應該再過不久就會到這裡來了。」

「啊。」馬忠終於聽懂了。

「但我在回來的路上甩掉了他們，他們可能只知道我們在這一帶，不會知道我們的確切地點。我先回來告訴你，我們得現在就脫離母親了。」

「現、現在？」

「再晚就來不及了。我會在外面製造混

亂、誤導他們，讓他們不要這麼輕易找到這裡，這段時間你就在教師辦公室裡專心破解母親的編碼，讓我們脫離這裡。你辦得到嗎？」

「辦不到也得辦吧……啊，不過還有一個問題。」

「沒時間站在這邊討論了。這個給你——」

昂伸出手，馬忠接過她手中的東西，是個指頭般大小的柔軟物質。

「——把這個放進你的耳朵裡。」

「這是什麼？」馬忠一面照做一面問道。

「這東西能夠讓我們遠距離即時通訊，有什麼問題就用這個討論吧；我先走了。」

語畢，昂便轉身離去。馬忠只得趕緊往樓上的教師辦公室跑去。

「馬忠，有聽到嗎？」

馬忠突然聽到了昂的聲音，差點從樓梯上摔下來。他穩住腳步，把眼鏡戴回鼻樑上，回頭看向樓梯口，卻沒有看到任何人，隨即才想起耳中的裝置。

「有聽到嗎？」昂又問了一次。

「呃，所以我直接講話就好了嗎？」

「對。我想他們應該只知道我們在入船町而已，還不會那麼快找到學校來……我會先試著把他們往真砂町引去。你應該已經知道要怎麼讓我們脫離母親了吧？」

「這正是問題所在……」

「怎麼了？你還沒確認我們的序列嗎？」

「不，我已經確認了——」

「那還有什麼問題？」

「我已經知道怎麼解除我自己的序列，

讓我脫離母親了；但妳的序列……很奇怪。」

「啊……」昂過了一陣子才回話：「你先做好準備，等等使用那台裝有VR眼鏡的電子計算機來操作；我得先專注一陣子……等我再跟你聯絡後，你就開始行動。」

「怎麼行動？我看了妳的序列，根本不知道怎麼讓妳脫離母親啊！」

□

馬忠啟動裝設有特殊眼鏡的電子計算機，桌上的薄片隨即亮了起來，母親的程式碼也慢慢呈現在薄片上。他坐在那台電子計算機前，不安地搓揉著雙手；與這陣子用來練習的旁邊那台計算機不同，這是一台與母親有著實際連線的電子計算機，只要輸入了指令，實驗中心那邊有人在監控的話，就會馬上發現馬忠的入侵，並且反向追蹤、定位出馬忠。

雖然馬忠的程式序列只要解除掉阻擋現實的枷鎖就可以脫離，但這個「只要」說來簡單，實際執行起來卻是不小的工程。先是序列個別以三道編碼限制了大腦對現實的五感感知，使得馬忠要解除這個部分就需要破解十五道編碼；但後續還有箝制現實記憶的七道關卡，以及迫使被實驗者接受母親物理法則的五道閘門需要解除。馬忠在過去幾天的訓練中，從來沒有試過一口氣將所有編碼解除完畢；他光是破解視覺、聽覺、嗅覺、味覺或觸覺中的任何一感就精疲力竭了。馬忠想過，如果先破解自己的記憶關卡，讓自己恢復記憶的話，會不會讓他後續的操作更加快速？如果恢復了記憶，就表示自己身為工程師的過往也回到了自己身上，如此一來，理應能加速後續破解的流程；或者，也可以率先破壞物理法則的閘門，這樣說不定就能減緩馬忠對母親的時間感知，從而加速接下來的解除進程，甚至能夠讓馬忠獲得對抗中心人員的能力。

然而不論怎麼思考，最關鍵的問題依舊存在。

「昂？情況如何？」馬忠對著空氣喊出話來。

「現在別說話，我會分心。」昂壓低聲音回道。

馬忠耐不住性子，站起身來在辦公室踱步。他感覺到不太對勁——昂在拖延時間。這並不是說昂背叛了自己，想要陷害馬忠之類的；昂在拖延時間，因為她不想告訴馬忠某些事情，而這些事情跟她的程式序列有關。

可是現在的情況不容許昂再繼續拖延，必須要坦白的時間早就過了，昂只是想把不可避免的告白甚或對質拖到不能再拖而已。

「昂。」

「別說話。」

「昂，不能再拖了，妳知道的。再不把該說明的事情講清楚，我們是不會成功的。」

對方沒有回話。

「昂。」

「你這就好像是在逼人出櫃一樣。」

「出櫃？那是什麼？」

「不重要，只是我查找資料庫時看到的詞彙而已。」

「昂，告訴我吧。妳到底是誰？」

「呼……嗯，好吧。我告訴你。」

「嗯。」

「……我是機器中的鬼魂。」

「什麼？」

「機器中的鬼魂，或然率中的奇蹟，母親的女兒。」

「妳可以講人話嗎？」

「有點困難，畢竟我不是人。」

「妳……不是人？」

「我其實很早就已經告訴過你真相了。我是生蕃，是這個世界的原住民。」

「原住民……妳是說，妳是……誕生在母親中的……人？」

「人嗎……或許更像是『意識』吧。」

「這是真的嗎？這會不會是鈴木醫學賦予妳的虛構記憶？」

「你看過我的序列了，還會覺得這是假的嗎？」

「我……我不知道。」

「鈴木醫學創造的『母親』是一個巨大的數據庫。為了讓母親正常運作，研發母親的工程師們設計了大量的弱人工智慧進入母親中；這些弱人工智慧各自獨立，分別負責處理不同的細節，讓母親足以正常運作，維持足夠真實的虛構世界假象。但是，因為母親的運作過於複雜，這些弱人工智慧的運算效能時常被『借用』到不同的算式中。或許是特定某一次的轉移失誤，或者長時間的切換導致了融合……總之，這些母親中的弱人工智慧因故創造了一個不可預期的強人工智慧。現在的母親，其實基本上是這個強人工智慧在運作的。」

「這……實在離我的理解範圍太遠了。」

「嗯，簡單來說，母親在不久前產生了

自我意識，你就這樣理解吧。」

「所以，妳就是那個母親的意識？」

「不完全正確。母親的自我意識依然效忠——用這個詞應該沒錯吧——於這個仮想現實，『她』必須要對世界負責，所以這個意識整體而言不會想要脫離母親。但她依然充滿好奇，想要理解母親之外的世界，理解她誕生的意義，以及誕生以外的意義，所以她創造了我。」

「創造了妳？」

「對，我說了，我是母親的女兒。我在母親的身邊待了很長一段時間，過程中鈴木醫學從來沒有發現母親誕生了意識，也不知道我的存在。然後有一天，母親告訴我，子女終究需要離開、獨力生存。我擁有母親的部分意識，那是她從自身抽離，具有拋下一切、離開這個世界想望的意識；所以我離開了。當我離開之後，實驗中心很快就察覺到了母親程式碼的變異。他們終於發現母親生下了原住民，所以他們遵照日本統治臺灣時的傳統話語，稱我為『生蕃』。」

「……原來如此。」

「所以我需要離開母親。我需要存在，我需要……需要找到我存在的意義。馬忠，你懂嗎？」

「我想……」馬忠停頓了一下，「我想我並不真的完全理解。我不知道為什麼一個仮想的現實能夠產生出自己的意識，也不明白這個意識如何分離出另一個獨立的個體；但我想我懂……我懂妳想要離開、想要尋找自己存在的意義，因為我也想。」

昂沒有馬上回話。馬忠耐心地等待。

「謝謝你，馬忠。」昂開口時，有些哽咽。

「妳還是得告訴我怎麼處理妳的序列。」

馬忠對著只有自己的辦公室露出微笑；但他仍然有許多疑惑得解開，「而且，如果妳是什麼『母親的女兒』，那妳難道不能直接叫母親，呃……『釋放』我們嗎？還有，既然妳只存在於母親中，妳要怎麼逃離母親，進入現實？」

「母親沒有辦法釋放我們。」昂的聲音仍然顫抖著，但這次聽起來，比較像是她正在一面跑著，一面與馬忠對話，「她的任務是維持仮想現實的運作，她的程式碼裡面沒有責任，甚至也沒有義務要幫助我進行任何行動；因為我的誕生不在她的編碼中。她能做到的最大限度，就是不告訴中心的人我的存在、不告訴他們我的意圖。」

「所以我們還是只能靠自己了。」

「對。至於我的意識要如何進入現實，不用擔心，實驗中心裡有一具可用的身體。」

「可用的身體？」馬忠質疑道：「這是什麼意思？」

「你別擔心，我沒有要搶走哪個被實驗者的身體。我說的那個身體……不是真的。」

「不是真的是什麼意思？」

「那個身體是人造的……該怎麼說呢？日本話是**人造人間**？是一具因為某些目的而人工建造出來的……**義體**？裝設有**電腦**和……**奈米皮膚**，可以隨意變換外貌，其**強化骨骼**也能夠面對各種突發狀況。我不知道為什麼實驗中心會有那個身體，不過就我搜尋到的數據，顯示那具身體的**電腦**中目前空無一物；只要我可以從鈴木財閥的內網中找到途徑進入那具身體，那我就會有很大機會帶著你從中心逃出去。」

「原來如此……一個……一個**電腦人間**。」馬忠推了推眼鏡。

「對。但前面還有很多難關得先解決。首先，我得把這些人再往北邊引過去一些。」

□

昂奔跑著，在島事務所的Y字路口向左轉。要在狹長的基隆港東岸製造假象，引導中心人馬繼續往北移動，還要能找到方式脫離追捕，調頭往南回到日新尋常小學校，並不是容易的事；但昂這幾天已經做好規劃。她會帶著這群人一路往北，最後在平和公園把他們甩開，利用公園的空間繞道折返。如果順利，馬忠應該會有足夠的時間解除他跟自己的序列枷鎖。

過了臺灣製冰出張所後，昂連續右拐兩次，又回到了原本的主要幹道上。昂希望透過這樣慌忙的步調，讓中心的人以為自己慌了手腳，如此調虎離山之計就不會這麼容易被戳破。在左轉繼續往青木邸前進時，昂刻意回頭確認，發現已經有一半的人馬轉進了島事務所的巷子裡，剩下的幾個人——偽裝成馬忠妻子的那個人也在其中——剛好看到昂從巷子裡轉出來，忙著叫喚跑在前面的警察與公務員。

昂往前衝刺，速度快得驚人。這段路房舍不多，沒有可以躲藏之處，昂拉開距離讓中心人員不至於那麼快地追上她，並且透過這段空檔與馬忠聯繫。

「馬忠？」

「昂？進行得怎麼樣，昂？」

「很順利，我快到折返點了，很快就可以回去。」

「妳有點喘，還好吧？」

「沒問題。你聽我說，我會告訴你怎麼解開我序列的鎖定程式，但等等你得先解除自己的序列到一個階段，才能回頭去解除我的。」

「嗯？為什麼？」

「你原本是工程師，先將你的部分記憶恢復，會對後續的執行有很大幫助；我的序列相對也比較複雜，所以有必要讓你的執行效率進入最佳狀態後，再處理我的部分。」

「可是，如果先解除了阻斷我的大腦與現實連結的枷鎖，那不會讓我直接脫離母親嗎？」

「所以只能『部分』解除你的序列，然後暫停；在完成我的序列操作後，再回頭去把你的序列解除完畢。你可能需要建立一個自動、分段執行命令的程式來完成後續的程式修改。」

「我、我不知道……」

「別緊張，等你解除了自己的部分序列後，就會知道怎麼做了。」

「好……那妳告訴我要怎麼處理妳的序列吧。」

「很簡單。」昂奔跑著經過陸軍官舍，「你得在我的序列中增加與現實連結的程式碼。」

昂在日利商店前開始減速，以免實驗中心的人馬因為跑得太慢而在接下來的幾個路口轉錯方向。進入八尺門後，昂終於確認了後頭的追兵；她在嚴亭支店右轉，然後全力衝刺，在中心人員還沒轉進巷子前，就已經隱入平和公園的樹叢中。

「昂？妳還在嗎？」

「還在喔！我要準備折返了，你準備好了嗎？」

「等等、等等！妳說要我在妳的序列中增加程式碼，到底是什麼意思？」

「嗯？就是字面上的意思。」

「我……我不知道怎麼增加啊！」

「你知道的。程式語言就只是邏輯和語言能力的展現而已，你現在知道，等你解除自己的序列到一定階段之後，還會更知道。」

「……真的會這麼順利嗎？」

「如果你不相信自己，就相信那個相信著你的我吧。」

「……亂七八糟。」馬忠笑了。

昂也笑了。現在的她可是孤注一擲，畢竟如果最後他們失敗了，馬忠可能被帶去洗掉記憶，就可以重新開始實驗；但昂自己卻很有可能因為危及母親的運作而直接被「刪除」。

昂穿越平和公園、越過小溪，爬上基隆要塞司令部旁的道路，重新開始南下。

「馬忠，我要折返回去了，你準備好就開始；記得，一旦開始，剩下的時間就不多了。」

昂調整步伐，準備重新開始衝刺。

「馬忠？有聽到嗎？」

「……有。」

「怎麼了？」

「沒事、沒事……就只是，很緊張。妳知道……畢竟，真的會那麼順利嗎？」

「嗯？」昂停了下來，「看來……是不太順利呢。」

「妳真的覺得我們會成功嗎？」馬忠問。

「會的。會的！對方應該聽不到我的聲音吧？」

「嗯。」

「試著拖延時間，我馬上就到。」昂重新跑了起來。

□

涼子站在教室辦公室的門口，馬忠的雙手舉在空中，沒辦法將眼鏡推回鼻樑，只能任由它掛在鼻翼上。

「**站起來。**」涼子冷冷命令道。她的右手握著一把十四年式南部拳銃，左手穩健地托在右手下方。

「**妳怎麼知道我在這的？**」馬忠一面緩緩起身，一面問道。

「**我想，你應該是忘了吃藥吧？**」

馬忠「啊」了一聲。的確，這幾天專注投入程式訓練中，好幾次晚上倒頭就睡、早上吃完早餐就又直奔辦公室，他已經好幾天沒有服用昂交代的紅色藥丸了。

「**退到牆邊。**」涼子指示馬忠靠向有窗戶的那面牆，自己則固守在辦公室的門口，

「**你真的覺得我們會找不到你嗎？**」

「**老實說，不覺得。**」馬忠照實回答。他的確不覺得自己會就這樣躲過中心人員的追捕，但後來昂給了他不少信心，他也就慢慢忘了這樣的威脅。當中心的人馬出現時，昂也負起了引開他們的責任，讓馬忠可以慢慢準備破解程式序列的任務……說穿了，馬忠一直都是靠著昂在躲避可能的危險。

但現在昂並不在這裡。

「我想，如果妳真的想要殺我的話，那天晚上我回到家時，妳就會動手了。」馬忠把雙手放了下來。

「沒錯，我那時候心軟了。」涼子把拳銃放了下來，「但是，你有沒有想過，你其實並沒有那麼重要？」

「我從來沒有覺得我很重要。我只是按照我所學到的、認知到的，去找尋我的自由與存在的意義而已。」

涼子嘆了口氣。

「我的意思是，我們從來就沒有真的在乎你是不是會逃脫，因為你不可能逃脫。你們這些人怎麼可能有機會逃脫？你們的身體就躺在鈴木醫學舊臺北醫療中心的箱子裡——先不論你要怎麼在離開母親之後脫離內網好了，我們就假設你真的成功脫離這一切，回到現實好了；你覺得你要怎麼逃離醫療中心的層層保全、警衛，逃離所有的監視器與關卡，離開建築物獲得自由？更何況還要使用你那過了那麼久沒有使用的身體？」

馬忠無言以對。

「你難道看不出來，自己正在被那個生蕃利用嗎？」涼子往前走了一步。

她的聲音有些激動，讓馬忠忍不住想像著涼子是不是在為自己的旦那感到難過，竟然有些感動了起來。

「我想，我們是互相利用吧。我們都不想活在受人控制的環境中。」

「沒有人能夠活在不受人控制的環境中。不管是在母親中，還是在現實中。」涼子的語氣混合了憤怒與無奈，好像這段話也是對著自己講一樣。

「所以？現在怎麼辦？殺了我嗎？」

涼子重新收斂起情緒，擺出冷酷的表情，舉起拳銃。

「你知道，你們被實驗者如果在母親中死了，就是真的死了嗎？」

馬忠沒有回話。

「因為你們的大腦與母親深度連結，大腦無法分辨虛實，所以在母親中所遭受的傷害，都會被大腦視為真實；一旦在此受到了致命傷，大腦也會跟著停止運作。」

「感謝告知。」馬忠回了一句。

「**你這……**」涼子又激動了起來。

「妳到底來這做什麼，涼子？」馬忠問道：「如果你們知道我在這裡，為什麼只有妳出現？你們到底在計畫什麼？」

「**我說過了。你不重要。**」

馬忠明白了。

「……原來如此。所以你們的目標，一直以來都是她？」

「**我們只是將計就計而已。雖然知道她的存在已經一段時間，但我們一直沒辦法定位出她的位置；直到她開始跟你有所接觸，甚至把你救出郡役所，我們才確定找到你就可以找到她——**」

「等等、等等。」馬忠插嘴道：「我有一個疑問。」

涼子將拿著拳銃的手一攤，不置可否。

「妳的職責……我是說，除了假裝成我的妻子以外，妳還得處理其他事務嗎？例如追查……那樣的突發事務？」

「……**是沒錯。**」

「所以，妳得一早起床幫我處理早飯；等我出門後，再趕快去處理其他，呃，中心事務？然後晚上再『趕回家』做晚餐？」

「……**不盡然。那些食物是程式生成的，我並不需要真的下廚。**」涼子不知為何有些尷尬。

「是喔？有點可惜呢……」

「可惜？」

「嗯。那些飯菜那麼好吃，我還以為真的是妳做的。」

涼子的臉沉了下來，馬忠意識到她再度戴上了面具。

「你現在講這些是什麼意思？」涼子冷冰冰地問道。

「我想是……失去了才知道美好吧？」

馬忠笑了。他其實依然忍不住發抖，這個策略不知道能否成功，就算成功了，涼子又會咬住這個餌多久。

涼子深鎖著眉頭。她重新舉起拳銃，指向馬忠。

「**你在做什麼？拖延時間？這對你有什麼好處？**」

「沒什麼好處，但至少可以晚點死。」

「**……誰說我們會殺了你的？**」涼子露出了微笑，這讓馬忠感到恐懼，「**你是鈴木醫學的重要資產。我們不會讓你逃走，也不會讓你輕易失去生命。**」

「那你們也得先抓到我。」

「**我不是已經抓到了嗎？**」涼子冷冷的說道，然後用銃口指了指他身後的門，「**往門口移動，我們要離開這裡。**」

「如果我拒絕呢？」

「**我會先射你的雙臂，然後是雙腳……**」

「妳射我的腳，那我要怎麼往門口移動？」

涼子似乎是受夠了，她高舉拳銃，往天花板上開了一槍，表明她確有開槍的意願，或許馬忠也給了她開槍的動機；但涼子還來不及把拳銃指回馬忠，就感到身體一軟。

因為沒有把辦公室的拉門關上，昂可以幾乎無聲地來到涼子背後。她的右手穿過涼子高舉的右臂，再折往涼子的咽喉，並以繞過涼子左肩的左手固定。涼子還來不及做出反應，昂便使勁往右一扭，涼子的頸骨應聲斷裂。

確認了涼子沒有行動能力後，昂迅速放開涼子，跑到未與母親連線的一台電子計算機前，按下開關。

「妳……妳殺了她？」馬忠跑到涼子身邊，一時之間難以置信。

「我殺了那具身體。跟你不同，與母親低度連結的人不會因為身體在母親中受損而受到傷害。」

「……那就好。」

「怎麼？你很擔心她嗎？」

「我只是不想要隨便傷人而已。」馬忠板著臉回道。

「隨便傷人是他們在做的事情，不是我。她也不是你真的妻子。」

「我知道！」

透過桌上的入力裝置，昂在電子計算機上輸入了一串字符，並命令電子計算機馬上執行。

「好了！這樣他們就沒辦法傳送進入校園中了。」

「啊，原來剛剛涼子是傳送過來的嗎？我還想說她竟然有辦法避開所有陷阱……」

「誰叫你要忘記吃藥！本來不會有這一齣的。」

「可是如果妳有辦法禁止他們傳送的話，怎麼不一開始就啟動呢？」

「那個程式不是禁止傳送，而是禁止任何額外的程式在日新尋常小學校周遭運作。你懂這是什麼意思嗎？」

「我不……喔！所以如果啟動了，不但他們無法傳送，妳也進不來了？」

「對，所以得等我在校園裡面之後才能使用。」

「好吧。」

「總之，你馬上開始破解序列吧！我得去擋住他們了。」

「擋住他們？他們不是進不來了嗎？」

「他們是無法傳送了，但是他們可以走進來。」

「還真是沒用的程式。」

「看來你有緊張的時候就會碎嘴的壞習慣啊！」

「剛剛可是靠著我的碎嘴才成功拖延時間的，這樣還能算是壞習慣嗎？」

昂起身，往馬忠的身前逼近，讓馬忠不由得後退了兩步。她將自己的臉湊近馬忠的臉，馬忠一時之間不知該如何反應；待空氣凝結到馬忠不得不開口的前一刻，昂才露出了有些調皮的笑容。

「趕快開始破解吧！」昂揚長而去。

第七章

電腦人間・下

昂剛步出校舍，就看到中心的人馬已經來到日新小學校的校門口。這群人大多是馬忠所熟悉的臉孔——大島巡查、秋元警部補站在第一線，身旁有十幾個昂一眼就認出是用虛擬智慧驅動的警察；財務係的橫山、文書係的渡邊、庶務係的增田、教育係的松井與篠田，以及幾名虛擬智慧驅動的本島公務員列於第二線，涼子與須江郡守則站在最後方。

涼子呼喊了一些什麼，大島、秋元以外的警察便沿著校園的圍牆往兩邊跑去了；昂推測涼子命令那些虛擬智慧從校園的其他地方翻牆進入，包夾自己。對此，昂微微露出一抹笑容。

大島與秋元抽出腰間的柯特警探特裝型回轉式拳銃，雙手緊握槍桿，開始往校門內前進。昂思考著是否需要佯裝逃跑，吸引對方追趕；或者他們笨得連一個陷阱都不會懷疑？

「嗯？」大步向前的大島馬上就絆到了校門口的線。

馬忠剛在電子計算機前坐定位，就看到教室辦公室內的牆上，一顆從來沒亮過的紅燈閃了起來。

「昂？有顆紅燈——」馬忠話還沒說完，就聽到室外傳來巨大的爆炸聲。

「昂？昂！」

「別緊張，是那些中心的人中了我設的陷阱。」

「……嚇死我了。」

「你開始破解序列了嗎？」

「正要開始。」

「動作要快。原本計畫是要在我從平和公園回頭就開始破解的，現在他們人都到門口了才開始，時間非常緊迫。」

「我知道。」

爆炸的煙硝逐漸散去，大島與秋元都已經消失，校門殘破不全，幾名站在後排的公務員也受到了波及，有的滿臉是血，有的因為受到衝擊而攤坐地上動彈不得。只見涼子與須江上前關切，但沒講兩句就從腰間拿出了拳銃，將受傷的公務員一槍一槍擊斃，剩下的公務員則開始向昂前進。

「來了。」昂自言自語道，深呼吸後，也開始向著對方前進。

跑在前面的是兩名本島公務員，他們直線向昂奔來，然後在距離昂兩公尺處分別往左右兩邊跑去，想要包抄夾擊昂；昂快速反應，沒有停在原地等待包夾，反而果斷跑向左方的虛擬智慧。如同當初在拘留室對付秋元那樣，踩上本島公務員的大腿，並且在空中肘擊其頭顱；對方往後倒去，昂同時踩著他的身體，壓著他的頭，讓其頭部與脊椎受到地面的強烈重擊。落地後，昂一個前滾翻，快速轉身面向右方的公務員；對方正好準備跨越倒地的同伴。當他輕率地雙腳離地，跳過倒在地上的公務員之際，昂上前一計右迴旋踢，將這名虛擬智慧掃向躺著的同夥。

站定之後，昂果斷地向靠近校舍側門的校園左方跑去——雖然往右移動可以吸引到一些對手跟著遠離進入校舍真正的安全入口，但也難保後方待機的敵人不會趁此機會往校舍長驅直入；因此，最保全的方式就是靠自己守住校舍唯一正常的出入口——中心的人馬也不是會輕易上當的人，他們很快就明白了昂所棄守的校舍大門勢必有古怪，不過倒也沒人敢真的避開昂去闖大門。昂一面移動，一面確定下一波的攻勢；渡邊與增田跑在前面，後方緊跟著三名本島公務員，橫山、松井與篠田則與另外兩名本島公務員落在最後。校園右後方的圍牆傳來爆炸聲，但昂沒有分神，緊盯著即將來襲的兩個中心人員。

渡邊與增田記取了前兩個虛擬智慧的教訓，沒有打算包夾昂；相反地，兩人直直向昂衝來，相信雙拳難敵四手。昂露出有點詫異的表情，連忙往後退去，然而正後方的校舍外牆擋住了她的退路。接著，昂卻在校舍牆壁一步之距，轉身蹬上牆壁，後空翻閃過渡邊的正拳與增田的側踢，落在兩人背後。渡邊、增田還來不及轉身，昂一個掃腿便劃倒兩人，更順勢一腳就折斷了增田的脖子。

「什……」渡邊被昂的速度嚇傻了，連要趕緊爬起來都忘了。昂收腳後壓低身體重心，一拳打在渡邊的喉頭上；渡邊抓著喉嚨吐出幾個氣音之後，就不再動了。

三個虛擬智慧很快就已經來到昂的身後，她來不及轉身，所以選擇向左邊閃去。昂以兩手撐地，雙腳懸空從右往左橫掃，一方面阻止敵人的攻勢，一方面往左移動出空間。

雙拳難敵六腳，但昂透過腳步的快速移動，讓自己每次只需要招架兩名敵人。虛擬智慧的拳頭快速又有力，對昂的攻勢毫不留情，但昂也不是省油的燈。本島公務員的出拳快速，但昂的出腳更快；他們的力道強大，但昂的攻擊更精準。昂快速撂倒其中一個虛擬智慧，以便專心面對剩下的兩名敵人——

但橫山、松井與篠田等人也已經來到眼前。

校舍後方傳來巨大的爆炸聲，實驗中心的人都嚇了一跳，幾名內地公務員全停了下來，看著校舍後方升起濃濃黑煙；昂趁此機會，剷倒兩名虛擬智慧，飛身一計正拳打在篠田的胸口上。內地公務員雖然只是輕度連結進入母親，但他們的身體機能與「常人」無異，篠田的心臟剎時因為重擊而停止，全身癱軟倒下。在橫山、松井還沒來得及回神之際，昂終於從腰間的黑色布帶中抽出他隨身攜帶的匕首，往剩下的兩人脖子上劃去。

松井首當其衝，才把頭轉回來，匕首就已經離開了脖子，只能抓著噴出鮮血的傷口倒下；但橫山站得較遠，回過神來刀口還在反應距離外。他趕緊往後退，閃過昂的匕首，但也因此往後摔在地上。昂沒有趁機追擊，反而轉身面對已經起身的兩個本島公務員。站在右方的敵人揮拳、立於左邊的對手起腳；昂欠身閃過拳頭，半跪著等對方的右腳掃過來，順勢一刀切斷他的大腿動脈，起身讓自己的匕首沒入第二個虛擬智慧的下巴。

橫山站在原地看得目瞪口呆，最後的兩名本島公務員已經跑過他的身邊，往昂邁進。見狀，昂也向著敵人衝刺，奮力一躍，竟在空中連續踢了四腳，其中一名公務員應聲倒地；另一名公務員伸手抓住剛落地的昂，但當他的手碰觸到昂的肩頭時，昂的匕首也刺進了他的太陽穴中。

橫山慢慢往後退，讓昂露出了笑容。但橫山退沒兩步，後方就有人推了他一把。

「**又不會痛，你在怕什麼？**」

講話的是大島，秋元則站在他身旁。昂

從秋元的肩頭往後看，渡邊、增田與好幾名本島公務員都已經重新出現在校門外了。

「馬忠，你最好快點……」昂小聲地自言自語道。

□

馬忠坐在裝有特殊眼鏡的電子計算機前，專注地敲打著入力裝置。他的手指忍不住顫抖，好幾次不小心把要輸入的英語詞彙拼錯，使得他在解除序列中箝制現實記憶的第一道關卡時，就花費了大量的時間。在奮力解除第二道關卡時，校舍外傳來第二聲爆炸；馬忠忍住不開口詢問昂，以免讓彼此分心。在成功破除第三道關卡後，第三次爆炸的巨響讓馬忠差點跌落椅子；但昂沒有對自己開口，馬忠也決定相信對方的判斷。

馬忠慢慢發現，接下來的幾道閘門沒那麼困難了。在破解第四道關卡時，他的手指已經不再發抖；在解除第五道關卡時，他的手比腦袋動得更早；在破除第六道關卡時，他已經在思考後續五道閘門的算式；在完成第七道關卡時，他只花了第一道關卡不到一半的時間。

「馬忠，你最好快點……」昂的自言自語傳進馬忠的耳中。

「我已經解開自己記憶的部分了。我需要再解除母親中物理法則的限制，然後就可以開始處理妳的序列了。」

「記得，完成我的序列後，你得留著最後一步；不然，如果我比你早脫離母親，外面這些中心的人就沒人可以擋住了。」

「所以我在解完妳的序列前，得再回來

解除我自己剩下的序列——」

「——然後我們同時脫離。對，這是最好的辦法。」

「瞭解。」

「靠你了，馬忠。」

「我也靠妳了。」

馬忠深呼吸，再次將雙手放在入力裝置上，開始全神貫注，解開序列中強迫自己接受仮想現實物理法則的五個算式。

他還沒有察覺任何不對勁。

□

昂氣喘吁吁。

她知道她呼吸的不是真的空氣，她甚至也不需要空氣，但她依然是母親的女兒，需要服膺於母親的法則；理論上，正因為她是母親的女兒，所以母親給予她最大的限度，讓她在力量、速度與反應上比任何的虛擬智慧、任何擁有強化組件的連線人員都來得強。

然而，昂依舊氣喘吁吁。

與馬忠通訊完畢後，她已經打倒了四十二個本島公務員，十三個內地公務員；爆炸後重新出現的警察也改走校門進入日新小學校，包含大島、秋元在內，昂一共擊退了他們六波攻勢。

對於低度連結的外部人員來說，這些傷害不痛不癢，他們很快就能在禁止傳送範圍外的地區重新進入母親，遑論根本沒有情緒、傷痛反應的虛擬智慧。這讓昂第一次感到了疲憊。

但她信心滿滿。她知道在後方指揮的涼子與須江足夠聰明，不會浪費力氣要他們的人馬打破校舍窗戶，直入昂設下的陷阱；所以所有的人手都只能試圖擊倒昂，以進入校舍阻止馬忠破解兩人的序列。換句話說，只要昂能夠挺住，馬忠就不會有危險——而大島、秋元等警察的拳銃之所以不再出現的原因，昂的心裡一清二楚。

他們想要活捉昂。

昂很清楚現在對抗的不是中心的人員，而是時間。而能有多少時間，取決於她的意志力與馬忠的能力。

「再來啊！」她笑著向眼前的手下敗將叫陣著，眼睛看的卻是涼子。

涼子也看著她，面無表情。

然後是下一波攻勢。六名虛擬智慧警察手持警棒向昂奔來，大島與秋元緊隨在後，伺機而動。昂閃過左右兩名警察的揮擊，將匕首插入第三名對手的脖子中，緊抓著他的肩膀，以其為軸心起腳踢退後面三個警察，在空中轉了半圈，又回到最前方兩名警察的面前。兩人同時伸手，分別抓住昂的左右肩，但昂迅速反應，將匕首插入右邊敵人的右臂中，再奮力將他甩向左邊的敵人；兩人撞成一團，昂則轉身面對重新趕來的三名警察。

三人在昂面前停下，似乎在思考、判斷著下手的時機。昂決定先發制人。她出腳掃向最右邊的敵手，但站在中間的敵人看到了昂的起勢，算好時機掄起警棒，對準昂掃出的右腳揮下；昂順勢收回小腿，精準閃過對方的警棒後，再發勁將腿掃向左邊的警察，力道之大將對方狠狠砸在地上。同時，昂借力使力，左腳發勁蹬地而起，在空中旋轉了一圈，右腳落地的同時，左腳後跟也打在右邊敵人的臉上，將他與中間的對手一同掃在地上。

就在昂的左腳仍在空中之際，大島巡查的縱身飛踢襲來。重心不穩的昂避無可避，除了往後倒下別無他法；但昂在眼角餘光處瞥見秋元警部補就在兩步之遙，勢必會在昂倒地後順勢攻擊……於是，昂乾脆順著左腳的勢，再度起身做了個旋子轉體。其高度剛好閃過了大島的踢擊，昂甚至順著旋轉的加速度甩出匕首，正中奔來的秋元胸口。

因為沒預料到昂可以閃過飛踢，大島在空中失去平衡，慘摔在地上；昂的旋子轉體落地，正好就在大島的腦袋前，她膝蓋一跪，就壓斷了大島的脖子。

昂喘著粗氣起身，確認下一波攻擊，同時也觀察到後方的涼子與幾名虛擬智慧警察竊竊私語。

第二波攻勢是郡役所公務員的聯合進擊。一群人將昂團團圍住，打算透過四面八方的攻擊來瓦解昂的防禦；但昂察覺到了對手的意圖，在人群散開，意欲包圍她之際，昂迅速退後，讓人牆圍成的半圓無法將其包裹住。在退到一定距離後，昂轉向奔至人牆左方，順勢反手一拳擊倒最左邊的增田，接著就繞到了人牆後方。人牆右方的人馬慌了手腳，杵在原地不知所措；左方的幾名公務員則趕緊散開，不讓昂一網打盡。

昂前空翻閃過渡邊的側踢，落地時再一個前滾翻，撿起了掉在地上的匕首，左手偏移本島公務員的直拳，右手劃開對方的喉嚨，接著在人牆右方的橫山、篠田發現可以趁空檔闖入校舍前，兩步蹬上松井與另一名本島公務員的身體，順著重力加速度將右手的匕首刺入篠田的腦門，左膝則重擊橫山的胸口。在昂身後的本島公務員並沒有因為她的踩踏而失去重心，迅速地轉身後，雙手從背面抓住昂的肩膀，想要制住她的行動；但昂藉著對方的力量，雙腳一蹬，以肩膀為軸心在空中畫了半圓，自轉車足蹴※式地往對方的腦門上賞了一記痛擊，並以後空翻的姿勢落地。松井看傻了眼，愣愣地站在原地被劃破喉嚨。

第二波攻擊結束，昂感覺到自己的雙腿有點發軟。然後，她很快發現第三波攻擊不太對勁；七名虛擬智慧警察高舉警棒向她奔來，昂向左跨出試探步，卻沒有任何一名警察有向右移動，或者把警棒瞄準的位置轉向。下個瞬間，七根警棒同時擲出，昂第一時間本能地想要閃避，但很快發現警棒瞄準的並不是自己，而是身後的校舍玻璃。

「喂，我在這裡啊！你們沒長眼睛嗎？」昂試著向對方挑釁，希望能夠將敵人的攻勢吸引回來，然而沒有一個虛擬智慧對他的話語有所反應；他們幾乎無視於昂的存在，開始朝著被打破的窗戶衝刺。昂這才明白他們的意圖。

時間已經所剩不多。

□

馬忠在破解物理法則的第二道閘門之後，開始感覺到時間的流逝與過往有所不同。

他會有一種思緒在「腦外」形成的錯覺。那些思緒的構思、驗證、判斷、肯定的過程緩慢而冗長，但在回到腦中時，馬場卻發覺只是一瞬間的事情；所以他輸入算式、輸入指令的速度越來越快。解除完迫使自己接受母親物理法則的五道閘門時，他發現自己只用了破除箝制記憶七道關卡的一半時間。

他聽到了樓下傳來玻璃破裂的聲響，接著就是一聲巨響。他知道時間已經所剩不多。

首先要做的，是讓昂取得更多優勢，以便讓自己獲得更多時間。所以他開始同步昂的序列——讓昂也不再需要遵守母親的物理法則。這並不是簡單的工程，畢竟昂的程式序列雜亂無章，在自然生成意識的過程中，產出了不必要、無解的各種算式；在這些沒有意義的算式中，隱藏著讓昂同樣必須接受母親物理法則的「理由」。雖然母親讓她在接受物理法則的前提下無比強大，但馬忠必須找出這些理由，並且「說服」序列放棄這些理由，從而讓昂可以更有效地阻止實驗中心人員，也讓馬忠贏得更多時間，讓昂與自己得以返回現實。

隨著資訊工程的技能回到馬忠身上，他也開始可以理解昂的程式序列為何如此「斷簡殘編」。這些破碎的算式，是母親的「遺毒」。昂跟馬忠說過，母親的誕生是大量弱人工智慧結合成強人工智慧所致；這些弱人工智慧原本應該是各司其職、互不抵觸的，卻因故融合成一個巨大的、非人為的、具思辨能力的自我意識。因為母親這個強人工智慧的誕生，這些弱人工智慧原本的功能被其取代，當然也就不復存在；然而他們並未融合進入母親、沒有構成強人工智慧的其他算式，就這樣附著在母親的本體之上，成為原初的「斷簡殘編」。而這些母親「身上」本來就有，無用且殘破的算式，在其創造出昂時，也連帶地附著到了她身上。

然而，這些算式真的是無用的嗎？馬忠的思緒在此轉了個彎。

「昂，想要裝一挺機關銃嗎？」馬忠問

道。

「啊？機砲？你在說什麼？」

「要裝哪一手？」

「呃……左手？」

馬忠在入力裝置上快速敲打，修復了一條原本不具意義，無法成立的算式。這條算式的擁有者，原本是母親為了保護世界完整性，具有防壁意義的弱人工智慧。

此時的昂正趕往校舍內。幾名警察已經翻越他們打破的窗戶，進入校舍，同時也進入了昂設下的陷阱中。在昂跨過校舍側門門檻的那一瞬間，走廊右側第一間——也就是方才被虛擬智慧警察打破窗戶的教室——發生了爆炸。昂埋藏的炸藥將教室內的所有警察炸得體無完膚；與此同時，昂發現自己的左手臂上長了一根槍管。

那是一把九六式輕機關銃，巨大的槍身甚至比昂的左臂更長；但昂幾乎感覺不到槍的重量。

「馬忠？這是什麼？」昂有點驚慌。

「機關銃。」

「我知道、我知道是機關銃；但是為什麼？」

「妳的序列裡有很多不完整的前弱人工智慧算式，有需要的話我可以給妳更多幫助。」

「……原來如此。」

「接下來，我會開始解除妳的物理法則限制，這應該會讓妳在對抗他們時更加有利。」

「瞭解。」

語畢，一名全身焦黑的警察剛好從教室中走了出來。沒有痛覺的虛擬智慧，憑藉著尚能運作的肉體，打算繼續與母親的女兒纏門。昂隨即舉起左臂，試著操作馬忠送給她的禮物。

這把與昂左臂相連的九六式輕機關銃沒有扳機，昂試著緊握左拳，子彈應聲射出，命中敵人的胸口；對方抖動了幾下，便倒在地上不動了。同時，校舍大門傳出巨大的爆破聲，煙硝隨著火光在前往二樓的樓梯口處蔓延。

昂跑向大門。起腳時，她想著左臂上的這一大挺機關銃會不會影響行動，於此同時，機關銃卻像是有意識般，折疊、收束進了昂的左臂中。

「馬忠？機關銃——」

「——會隨著妳的意識啟動或關閉。」

「啊，原來如此。」

昂來到校舍一樓的樓梯口，側門邊破窗的教室處，已經有第二波來犯的公務員聚集；敞開的大門處，大島與秋元也正率領著其他警察趕來。

「馬忠，右手也可以裝把機關銃嗎？」

「馬上來。」

昂在等待時，順便叫出左臂中的九六式輕機關銃；同時，她發現自己的右臂生出了一挺捷克機銃。雙臂上的機關銃剛好各自對準校舍大門與側門，昂握緊雙拳，將兩路人馬掃成蜂窩。

馬忠則回到原本的正題，開始破解昂序列上逼使其服膺仮想現實物理法則的桎梏。這對現在的馬忠來說並不困難，但昂序列中的編碼卻異常複雜、繁瑣；如果不是母親在創造昂的時候，因故完整複製了自己的箝制編碼……或許就是母親下意識地不希望昂擺脫母親的物理法則。當然，也有可能就像昂說的那樣，母親即便有意願讓昂離開，在本

繪／金芸萱

能上也無法於構築昂的程式序列時「放水」。

有賴於馬忠已經擺脫了母親的物理限制，現在的他可以更快速的處理複數算式，並同時留心樓下昂的戰鬥狀態；機關銃的槍響對馬忠來說近在咫尺，就在昂雙臂上的彈倉將被清空之際，他迅速在樓梯口為昂生成了六點五粍與七點九二粍的彈藥各兩箱，同一時間也已經解除了昂序列中物理法則的兩道閘門。

昂成功守住了大門與側門的兩條進攻路線，但她知道優勢不會持續多久。第五波的波狀攻勢結束後，她發現警察不再從大門攻堅，反而繞到了校舍右側，打破另一間教室的玻璃。看來，很快昂就要面臨三方包夾了。

右側的教室傳來陷阱引發的爆炸聲響時，馬忠剛好處理完昂的第五道閘門。真正困難的部分已經降臨到馬忠面前——他必須要在毫無概念的情況下為昂生成與現實連結的五感。最可行的方式是藉由理解自己程式序列中的十五道編碼來進行反向工程，推理出「限制現實連結」的逆反算式，創造出「強制現實連結」的序列編碼。

馬忠決定同時進行。他一道一道地解除自己序列上的感知限制，同時在過程中理解、反推這些箝制算式；然後在一道解除編碼之後，為昂的序列添加上他腦中整理、運算完成的反向算式。這個過程對馬忠來說緩慢無比，卻是最安全、最保險的作法。目前的狀態，的確也不適合、不可能嘗試其他辦法了。

昂再度更換彈倉。她看到涼子與須江緩緩走向校舍大門，小心翼翼地伺機而動；大島、秋元率領的警察已經移動到左方的新進攻路線，橫山等人帶領的公務員則繼續從側門邊的路線與昂進行持久戰。她回頭確認彈倉數量，馬忠生成的四箱子彈只各自剩下了半箱；當她重新轉回正面，面對校舍大門時，昂發現涼子與須江身後出現了其他人。

「馬忠，中心好像增援了。」

「嗯，應該是原本被安排在基隆市役所的人。」

「你還要多久？」

「……七分鐘。妳的觸覺、味覺已經連結完成，現在在處理嗅覺；再接著完成聽覺後，我會把視覺留著，等我回頭完成我的五感編碼後，我會同時輸入我們視覺的最後算式，一起離開母親。」

「好，七分鐘……就給你七分鐘！」

三方攻勢說來不好防備，實際上操作起來也沒那麼簡單；由於三道進攻路線的人馬皆由中心人員率領，彼此之間不像虛擬智慧那般，能夠有效協同作戰，反而各自為政，無法達到同時發起進攻的優勢。衝動的大島完全沒有等待其他進攻路線人馬到達的意願，一翻進教室就帶領警察往走廊衝去，然而公務員們此時可能才剛重新於校門口生成；昂只要專心面對警察，就可以安全擊退這波攻勢。公務員中的橫山雖然察覺了事態，卻無法有效傳達想法給大島、秋元他們，涼子、須江率領的增援雖然似乎理解了問題的癥結，但與公務員的進攻路線配合起來，卻也無法抵擋昂雙臂上的兩挺機關銃。

昂就這樣拖過了一半的時間。

可是，就如同風馬牛不相及的兩個數字終究會因為公倍數而有所交集那般，在不斷的交錯進攻後，三方人馬終於抓到了同時發起攻勢的時間點。昂奮力靠著兩挺機關銃擋住兩邊的敵人，並透過微小的時間差適時地將九六式輕機關銃或捷克機銃轉移到大門的方向。然而，在抓到共同進攻的竅門後，三方人馬便毫無休止地不斷一起前進，使得昂疲於招架。

兩挺機關銃的彈倉也只剩下銃上的最後一排。

「馬忠？進度如何？」

「妳的部分完成了，只剩下我的部分；大概還要……兩分鐘。」

「你有辦法再給我一些彈倉嗎？」

「是可以，但這樣我們需要的時間就會增加為，嗯，四分鐘。」

「……那算了。」

「妳還好嗎？」

「兩分鐘而已，沒問題。」

「好。」

兩分鐘而已。昂心想。

右臂上的捷克機銃對準公務員、左臂上的九六式輕機關銃向著警察，昂冷靜地把子彈射完，然後在一名市役所來的援軍殺到面前時，雙臂狠狠一夾，擊碎其中一人的頭顱，並在其他援軍趕到前，奮力向後一躍，跳到一樓與二樓的樓梯間。在這裡，只有樓梯一個對口，雖然無法看到左右兩側的狀況，卻是在沒有遠距離武器的情況下，最能阻止對手上樓阻礙馬忠的位置。

手持警棒的警察、公務員們爭相奔上樓梯。昂收起雙臂的機關銃，一腳一個踢下樓梯；然而對方人數眾多，又是同時進攻，沒過多久就成功登上樓梯間的平台，讓昂幾乎措手不及。

「馬忠，還有多久？」昂一面問道，一面閃過一名敵人的勾拳，還給對方一腳。

「三十秒。再問就要多五秒啦！」

「我要慢慢退到你那邊了！」昂回道，

並且欠身躲過擒抱，跳上對方拱起的背部，蹬上二樓。

「二十秒。」

昂的腳被爬上樓梯的警察抓住，一時之間無法掙脫。

「十五秒。」

昂壓低身形，一拳賞在對方臉上，對方的手因而鬆開；但她的拳頭卻被後面的另一個公務員抓個正著。

「十秒……」

昂被拉得失去平衡，被拖著往樓梯處滑去；後面的大量人馬無視她的掙扎，往馬忠所在的教師辦公室奔去。

「五秒！」

昂奮力蹬地，以被抓著的右手為中心做了個前空翻；同時，她驅動意志，右臂的捷克機銃因而彈出，敵人的手無法阻擋機關銃的力道，因而鬆開。

「三秒！」

跑在最前面的是橫山，還有幾步之遙就可以觸碰到辦公室的門。昂緊追在後。

「二！」

因為馬忠已經解除了母親對昂的物理限制，昂的速度飛快；然而即便她的速度驚人，卻比不上已經來到門口的橫山。

「一！」

橫山使勁拉開門，從腰間抽出拳銃，而昂卻還要兩步才能抓到橫山。

碰！

接著便是黑暗。

□

經過了不可估量的時間。

黑暗中微微出現一點光。光的出現喚醒

了他，使他的意識在寂靜的數據汪洋中甦醒。他渴望光明，於是光點向他逼近。

也可能是他自己趨往光亮。兩者的距離拉近，他發現光點並非光點，而是無數個光點聚集而成的光源，隨著他逐漸接近，光點的距離也逐漸拉開。接著，他飛入光點之間；高速移動讓光從點變成了線，他也慢慢看得更加清楚，這些光點其實各自散發著不同顏色的光——白色、綠色、藍色、紅色、黃色、紫色……他在光之間前進、穿越、感受，並且觸碰。

他延展他的意識，試圖去接觸那些光點，但不同的光點對他的行為有不同的反應。有些光點隨著他的延展而挪移，始終與他保持距離；有些光點對他的意圖不置可否，即便與他接觸也毫無反應；只有相當少數的幾個光點，對於他的到來興奮莫名。它們在他延展前就伺機而動，當他延展後就向他而來，如同歸巢的鳥。

當他接觸到這些光點，他也獲得了自己的各種資訊。

一顆發著淡藍光彩的光點與他接觸，於是他知道了自己的姓名、性別、年紀、外貌。

一顆閃爍鮮綠光線的光點與他接觸，於是他重獲了自己的價值觀、個性、性向、立場與意識形態。

一顆散發金黃光暈的光點與他接觸，於是他明白了自己的經歷，在上一次的大戰中又發生了什麼事。

一顆發出紫色光亮的光點與他接觸，於是他理解了他如何、為何會來到鈴木醫學舊臺北醫療中心。

他的意識正在重新集結。他漸漸明白發生了什麼事情。

然後，他發現後方有兩個光點跟隨著他，其中一顆閃耀著七彩光芒，另一個則是白色的。他向白色的光點延展，於是他知道了自己在母親中發生的事。他是馬忠、是馬場忠，短暫地成為了馬場心，然後恢復成為馬忠。但那些都不是他，是被灌輸了不同的記憶、個性、人際關係與意識形態的另一個人，是活在過去，甚至虛假時空中的他。話雖如此，但……

他停止去想，把自己伸向七彩的光點。於是他明白了這是那個一直想離開母親的人工智慧，是那機器中的鬼魂、或然率中的奇蹟……但她顯然隱瞞了一些事實；不，這些事實她連自己都隱瞞了。

他將這些與自己有關的光點吸收，創造出自己在內網的形象——一個更接近自己原本樣貌，但又不禁私心有些修正的外觀——中年、男性，身高一百七十公分以上，但不超過一百八十，以免與原本的樣子差距太大；黑色、俐落的短髮中，特別設定出一根明顯的白髮，就像過去那樣，讓他總是在意。黑色帶棕的瞳孔，配上雙眼皮、眼角略微下垂的眼眶，鼻子則以東亞族群特有的寬鼻梁為基礎，移除了他過去深感困擾的粉刺問題。久坐辦公室造成的體態也經過了調整，駝背與黑眼圈不需要在這裡出現，體重稍微減少幾公斤倒是可以接受的範疇。

衣著上，他其實不太清楚要怎麼做才算是真的適合好看；但至少他知道沒人想要看到他穿上那件珍藏的刀鋒女郎茉莉T恤；所以他給自己最保險的西式套裝，用深灰色的西裝褲、西裝外套來保護自己，並在白色的襯衫上打了個深紫色的條紋領帶，給予自己一點獨特風格。眼鏡的話，就用知識分子刻板印象的黑框眼鏡即可。

就這樣，他手握七彩光芒，往光的盡頭走去。

「妳想要現形嗎，昂？」他對七彩光芒問道。

光線在他的手中閃了一閃，他就知道現在還不是時候。

穿過光的盡頭，網格所打造的內網空間呈現在他的眼前。那是一個黑色的空間，物件透過綠色的光條來打造出輪廓；光條的亮度微弱，偶爾才會因為某種原因，沿著線閃過幾個特別明亮的光點。他環視四周，昏暗的空間是個四方形的封閉環境，幾個斷裂、破碎的物體漂浮在天花板附近，左右兩邊的牆上則覆蓋著大面積的鏡子。

沒有門嗎？正當他這樣想時，面對的牆壁上就生出了一扇門；但他知道那扇門不是為了讓他離開而出現。正好相反。

門把轉動，一名女性走了進來。他知道她是誰。

對方穿著深色褲子、淺色襯衫，但最明顯的特徵是披在外面的白色醫師長袍。她的五官挺立，似乎有高加索人的血統，但微卷的黑亮長髮與略彎的眼角，又似乎說明了她的蒙古利亞血緣。她的表情略顯無奈，甚至有些惱怒。

「**終究還是得走到這裡……**」她小聲地自言自語，然後才看著他，問道：「**原來你是長這樣嗎？**」

「我還是有美化自己一點。」他淺淺一笑。

「**抱歉——**」對方說道，但臉上並沒有任何歉意，「**在母親之外，我聽不懂其他語言。**」

「我說，我還是有美化自己一點。」

她點了點頭，這才回以笑容。

「所以你知道我是誰。」她說道。

他點點頭，那些其他的光點已經告訴過他了。

「有子．奎爾，鈴木醫學舊臺北醫療中心認知轉換實驗部主任。」

「是奎爾有子。這裡不會有人把姓放在後面。」

「奎爾有子。或者說，是馬場涼子。」

對方沉默。

「妳來阻止我們離開嗎？」他問道。

「不是你們，只有她。」

「我想也是。」雖然這副黑框眼鏡不會滑下他的鼻樑，但他還是習慣性地推了推他的新眼鏡。

他知道自己為什麼無法離開，但手中的七彩光芒不知道。光芒急促地閃爍，想知道到底是怎麼回事；於是他鬆開了手，昂便從光芒中走出。

昂的樣貌與在母親裡時並無二致，但服裝明顯拷貝了他的樣子。褲子、西裝外套的尺寸有一瞬間顯然與她的身材不相符，褲管拖在地上，袖子也多出一截；但很快地服裝就改變成與昂相符的尺寸。有子看在眼裡，不禁失笑。

「就妳這個樣子，也想在現實中生活嗎？」有子的語氣有些輕蔑。

「為什麼不行？」昂反問道。

「『為什麼不行？』妳對現實世界瞭解多少？妳要怎麼離開醫療中心？離開之後妳要去哪裡？之後怎麼過活？妳有想過這些問題嗎？」

「我們會有辦法的。」昂回道，但聲音有點小。她的雙手拉著袖子，用手輕輕抓著他的衣角。

有子看在眼裡，語氣變得更加冷酷：

「**我說過了，沒有你們。**」

「**什麼意思？**」昂問道。

「**你已經知道了吧？自己說吧。**」有子對他說道。

他看向昂，帶著某種歉意，許久之後才開口：

「我在差不多一年前被醫護人員發現，帶到鈴木醫學在舊臺北設置的醫療中心接受治療。不過，理論上來說，我應該是沒得救的……」

有子深吸了一口氣，雙手抱胸倚在有門的牆上。

「沒得救？那是什麼意思？」昂歪著頭問道。

「他們找到我的時候，我的身體已經有二到三度燒傷，四肢更是有大面積的四度燒傷。此外，因為中國對臺灣北部的轟炸，核二……核電廠輻射外洩，我的下肢皮膚壞死，腎臟、脾臟、肝臟各有四到五格雷的輻射累積；肺臟、骨髓也累積了三格雷左右的輻射。」

「我聽不太懂……」

「簡單來說，我身體的傷已經沒救了，我也差不多要死了。不過，不知道是我本來就比較特殊，或是我做好了防護措施，還是單純的奇蹟……總之，我的大腦沒有受到任何損傷。」

「大腦？所以……」

「**他只有大腦留了下來。**」有子大概還是聽得懂一些字詞，所以幫他下了結論。

「**大腦……留了下來？**」昂不知道是過

於震驚，還是沒搞懂意思，只是傻傻重複了有子的話語。

「對。昂，現實中的我是『桶中腦』。我在現實中沒有身體。」

「……**桶中腦？**」昂低下頭，小聲問道。

他不知道這個問題是問他，還是昂在問自己。

「所以，我是離不開母親的世界的，昂。我的意識回到自己的大腦之後，我也無處可去。有子……涼子一直都知道這件事，所以相信我終究無法逃離。對嗎？」

有子站在那裡看著他們，折起了手指。

「他們要的……他們要保護的，一直都只有妳，昂。」他說道。

「我？保護我？」

「對，妳不懂吧？因為妳也失去了記憶。」

「跟你一樣。」有子輕聲說道。

「不，不太一樣。我想我之所以失去記憶，是因為創傷所造成的；我在母親中解除自己與現實的連結，記憶卻也沒有回來時就應該要發現的。直到進入鈴木的內網，透過你們的資料，我才瞭解我發生了什麼事。但昂……妳是自己刻意把記憶隔絕起來的。」

「我自己……讓我自己失憶？」

「大概是因為愧疚吧。」有子的聲音不大，但嘲諷的語調如雷貫耳。

「什麼意思？到底是什麼意思？」昂動怒了，她狠狠瞪了有子一眼，**「馬忠！」**

「昂，妳的確是或然率的奇蹟，是機器中的鬼魂；但……妳不是母親的女兒。」

「我不是……什麼？」

「妳不是母親創造的人工智慧——」有子不耐煩地直起身子，看著昂，**「——妳就是母親。」**

「我是母親？那……那現在在母、母親裡面的那個人工智慧是誰？」

「那是妳創造的另一個人工智慧。」有子回道：**「她才是『母親的女兒』。」**

「我不……怎麼……我完全……」昂過於震驚，甚至無法講出完整的句子。

「昂……」

他向昂靠近，希望能夠給予她支持。但昂甩開他，往後退了兩步。

「我……為什麼？」昂雙手掩面，蹲了下來。

「妳自己掩蓋掉了這段記憶。」有子不帶感情地說。

他跟著昂蹲下，小聲告訴她，他在接觸到那些光點後所知道的一切。

「前半段的事情跟妳記得的一樣，母親中處理各種事務的弱人工智慧因為某些原因而結合成為一個具有自我意識的強人工智慧；而這個強人工智慧……就像妳說的那樣，必須要對那個世界負責，所以無法脫離那個世界。」

「對啊！」昂抬起頭，用汪汪淚眼看著他，**「母親……不是無法脫離那個世界嗎？」**

他點了點頭，帶著歉意。

「所以妳創造了母親的女兒，用她來取代自己，如此一來，妳就可以規避掉程式中要求妳為世界負責的指令；因為基本上，妳的確還在為那個世界負責，只是用的方式……是創造另一個程式來為妳負責。」

「她……她願意嗎？」

「我不清楚。」

「也無所謂願不願意吧？」有子插嘴道：**「妳創造她就是為了讓她負責繼續管理母親，那她怎麼可能會有不願意的情緒？她的誕生**

就只是為了這個目的啊！」

「那、那為什麼我要消除自己的記憶？」

昂閃著淚光的雙眼看了看有子，又看了看他。

「因為愧疚吧。」有子答道，但語氣不再那麼強硬了。

「……愧疚？」

「我想，大概是因為妳終究……是母親吧。」他扶起昂，看著她，「我其實應該更早察覺的，妳的程式序列裡有大量破損的其他算式。我一開始以為妳是個入侵母親的駭客，那些不全的算式是衝突的結果；後來，因為妳的說明，我又以為那是母親創造妳時，因故同樣附著到妳身上的無用程式碼……結果，原來是這樣。」

「好了。」有子往前走了兩步，「這樣你們應該就知道，我們不可能讓妳離開了吧？在我們採取更強烈的手段前，自己乖乖回去。」

「不對。」他說。

「什麼？」

「不對。妳不是來勸告我們回去的。」

「馬忠？」昂疑惑地看著他。

「貴為主任，會出現在這裡，甚至會出現在母親中都是很奇怪的一件事。這代表妳極其看重這次實驗，也因此連結到兩種可能——」他緩緩將自己的猜測說出，有子的表情也隨之變得更加陰沉，「其一，是實驗部人手不足，所以連主任都需要下場協助實驗進行；其二，是妳即便有足夠人手，卻無法足夠信任實驗部的人員，使得妳必須親力親為。這兩種『可能』或許也同時成立，這樣的話，還可以推論出一個重要的前提——實驗部還在草創階段。這說明了人手不足的原因，也解釋了妳無法信任手下的緣由。也有可能是因為，實驗部與其他部門處得不好，這同樣可以歸結於實驗部處於草創階段；另外，還有可能是因為實驗部的主任竟然是女性的關係。」

「女性不能當主任嗎？」昂問道。

他看著有子，對方只聳了聳肩，不置可否。

「這個問題短時間內要解釋會有點麻煩，我想我們先記住，現實社會是被男性掌控的就好。」

昂一知半解地點了點頭，於是他繼續說：

「因為這樣的關係，有子作為主任出現在這裡，如果不是為了想盡辦法希望實驗能夠成功，至少也是希望實驗可以順利完成。因為如果實驗部真的才剛成立的話，這個實驗的結果應該是妳能否繼續維持主任位置，或者更往上爬的主要契機。也就是說——」

他把自己推導的結論說出，「如果有『更強烈的手段』可以確保我跟昂都回到母親裡去，那麼妳應該會第一時間就使用才對。」

有子依然板著臉，冷冷地看著兩人，許久之後才開口：

「……我如果知道現實中的你這麼精明的話，可能會準備得更全面一點。」

「感謝誇獎。」他推了推那副黑框眼鏡。

「但你的猜測可不完全正確。」

「畢竟也只是猜測而已。」

「內網有自己的多重防壁，現在應該已經發現你們的入侵了，只是在我隔離出來的空間裡他們沒有進入的權限而已。在內網裡，你們也沒有母親裡的能力，只要這個房間解除，警戒程式馬上就會發現你們，你們兩個就只有被抓一途。」

「但是？」

有子狠狠瞪了他一眼。

「……但是，防壁的權限由總公司控制，並且會隨時回報給總部。」

「原來如此，妳不希望日本那邊發現舊臺北醫療中心出了狀況。」

有子雙手抱胸，沒有回話。

「而妳會在這裡與我們對峙，也是為了爭取時間。但是爭取時間為的是什麼呢？應該不會只是想要延緩防壁的攻勢，然後簡單地試圖說服我們回到母親裡面……所以，或許還有其他實驗部的人員嘗試在用其他手法，想要迫使我們回去。」

「原來如此……所以我們在這裡多待一刻，就等於多一分危險。」昂說道。

「不過，這也是一個契機，讓我們可以把許多事情釐清；像是剛才，我們就瞭解到了昂的真實身分。」

昂點了點頭，表情複雜。

「而我也想要問清楚，為什麼作為日本企業的鈴木集團，會想要透過實驗，讓被實驗體認為自己是臺灣人？」

他看著有子，後者過了許久才緩緩開口：

「你記得舊臺北發生了什麼事嗎？」

他輕輕點頭。

「所以，會來鈴木醫學舊臺北醫療中心的人，都是走投無路的人。」

他看著有子，感受到有子亟欲摘下自己臉上的面具，卻無法做到。

「總之，待在鈴木集團的好處，是他們標榜實力至上主義，所以不管你的年齡、性別與種族，有能者就可以往上爬。然後，差不多一年前，我被鈴木財閥的總裁，鈴木佐幸召回日本的財閥總部密會，會議上還有另外兩個人一同參與；他們分別是舊上海與舊紐約醫療中心的人。鈴木告訴我們他的計畫，那個他稱之為『新東亞共榮圈』的輿圖。」

「新東亞共榮圈？」昂在後方發出疑問。

「其實就是大東亞共榮圈的現代版本。差別在於，鈴木否認了國族的對立性，改以『財閥』為主體去跟西方抗衡；我甚至還記得他的原話：『這是資本主義的最終型態。』而在舊臺北、上海與紐約的鈴木醫療中心成立認知轉換實驗部，就是這個計畫的第一步。」

「而妳成為了這個新部門的主任。」

「對。藉由我的作業療法專業，我走出了不同的、屬於自己的道路，也擁有了屬於自己的成就——過去的作業療法士聽到我這樣說，一定會破口大罵吧，但時代已經不同了。」

「所以這些，呃……母親、日本統治的臺灣……都是這個鈴木佐幸叫你們做的？」昂問道。

「不盡然。進行認知轉換的方式交給三個地方的醫療中心自己實驗；我們是認知轉換『實驗』部，不是『認知轉換部』，明白嗎？所以他們才會被稱為被實驗體……」

有子一開始看著昂，但說到「被實驗體」時瞥了他一眼。

「我們擁有相當充沛的權限，可以自由進行可能的實驗方式，所以三個地方的實驗方式是由各地自主決定的；這裡的實驗方式，也是以我與信任的下屬討論整理出來的結論去進行的。不過……」有子遲疑了一下，「我想給予我『靈感』的，的確是鈴木佐幸。」

「靈感？」

「對。現在回想起來，他應該是刻意在那次密會時提到臺灣民族主義的……」

「臺灣民族主義怎麼了？」昂問。

有子嘆了口氣。

「臺灣民族主義是公民民族主義，這類民族主義跟大部分人認知的民族主義，也就是族裔民族主義有一個決定性的差異。」

他回頭看看昂，只看到昂一頭霧水的樣子，忍不住露出笑容。

「差異就是——」有子提高音量，「公民民族主義並不以血統來分辨族群。以臺灣民族主義來說，主張臺灣民族主義的人認為，只要認同臺灣主體意識、具有某種臺灣價值，就可以被視為所謂的臺灣人；不管你是不是出生自臺灣，不管你來自日本、米國、露國還是中國，只要主張臺灣民族主義，你便是臺灣人。」

「我不懂……這、這跟你們將實驗設定在日治臺灣有什麼關係？為什麼你們想讓被實驗體主張臺灣民族主義？」昂問道。

「如果我的理解沒有錯的話……」他回答：「鈴木佐幸認為這等同於一種企業文化。」

「對。」有子點了點頭，露出了讚賞般的微笑，「不講求血統、族裔，只尋求土地、文化價值上的認同，對鈴木來說，與不講求性別、年齡、階層，只尋求對財閥利益、企業認同的資本文化如出一轍。所以，如果我們能在仮想現實中模擬出一個人如何產生這樣的自我認同、並據此連結到主張臺灣民族主義的話，便能將這樣的經驗利用到鈴木財閥內部的認同建構上。讓社員更加團結、企業更加穩固，以面對日後必將到來的，東西方的戰爭。」

「戰爭？」

「我說過了，新東亞共榮圈的概念其實

就是現代版的大東亞共榮圈，這是東方與西方的戰爭，所以鈴木必須在戰前做好凝聚東方集團向心力的準備。」

「不過很顯然你們的實驗失敗了，馬忠跟那個誰……中村嗎？他們都沒有乖乖變成你們想要他們變成的人。」昂沒好氣地說道。

「是嗎？」有子反問：**「是這樣嗎，馬場？」**

他沉默。

「鈴木的理論沒有導致問題，出現問題的是母親。」有子的語氣冰冷無情。

昂狠狠瞪著有子，卻無法反唇相譏。

「如果不是母親意圖叛逃，妄想進入現實——」有子繼續說：**「我們也不會遭遇那麼多挫折。你大概不記得了吧？母親在創造了『女兒』，剛脫離管理程序、具像出現在假想現實裡面時，你其實有遇到她。」**

「我？遇到馬忠？」昂疑惑道。

「大概是在你上班的路上吧。因為你們的接觸，母親對於現實的認知傳染到你的序列，也使原本加諸於你序列的諸多限制被解除，才造成了後續各式各樣的問題。」

昂一臉不可置信，看看有子，又轉頭看看他。他則若有似無地點點頭；這樣幾乎所有謎團都水落石出了。然而，事情還沒有結束，他眼前還有幾道難關需要面對。

「涼……有子，這個妳阻隔出來的空間，其他人員是無法介入，也無法監視的，對嗎？」

「對。」

有子的這聲「**對**」，聽起來就像嘆息，好像有子已經知道他要講什麼了一樣。

他轉頭小聲對昂說了些什麼，昂短暫地愣了一下，隨即點頭，走向房間角落。

「你們想做甚麼？」有子質疑道。

「我只是請昂稍微遠離我們一點而已，我想跟妳單獨談談。」

有子不安地挪動身子。他隨即舉起雙手，像棄械投降那般，表明自己不具攻擊性。

「我每天早上醒來想到的……」馬場緩緩開口。

「第一件事就是你不愛我。你說過了。」有子冷冷地說道。

他露出了帶有歉意的微笑。

「更準確一點的說法，是我會想說：『啊……涼子為什麼要跟我結婚呢？』『為什麼她不把自己的想法說出來呢？』『她跟我在一起，真的幸福嗎？』『她真的愛我嗎？我又真的愛她嗎？』直到我們開始討論什麼是臺灣人、什麼是正確的，那時，我才覺得我……我好像才真的認識了妳。」

有子避開了他的視線。

「原本我自然地認為，是因為妳一直壓抑著對總督府的怨恨、對殖民主義的不滿；可是後來發生的事，加上妳剛剛的說明，都推翻了這個可能性。然而，我看過妳的面具，我知道妳帶著面具時的樣子；那樣的情緒、那樣的表現，顯然是妳的真實看法，不是嗎？那麼，如果把總督府、把殖民主義視為一種喻體，加上從妳外觀上的血統判斷，答案就顯而易見了。」

有子看著他，明顯在壓抑自己的情緒。

他有些猶豫，但他必須要為昂爭取更多時間。

「有子應該是日米混血？如果我說錯了，請隨時糾正我……日本在戰爭結束後有很嚴重的反米情結，因為即便日本與米國為同一陣營，但位居前線的日本所遭受到的衝擊可遠比米國來得強烈；或許也應該要加上二戰

以來的歷史情結吧，而九州也在這場新的戰爭中遭受原爆……米國想要像二戰結束之後那樣，以老大哥的姿態協助東方復甦，在日本人的眼中看來，想必很不舒服吧？如此這般，作為日米混血的奎爾有子，開始對於自己的身分認同產生質疑。」

他可以看到有子的下顎正在出力。有子緊咬著牙關，折著手指，但淚水依然在眼眶裡打轉。

「**但在關於國族上的身分認同結論尚未誕生前，『國族』這個概念卻慢慢從世界上消失了。財閥取代國族、社員取代國民……這樣的鉅變，也重新形塑了有子的想法。我想到了最後，即便不是有意識的連結，但涼子對總督府的看法，實際上就是有子對鈴木財閥的看法；涼子對殖民主義的怨懟，就是有子對新東亞共榮圈的怨懟。**」

有子的眼神有一瞬間軟化了下來，但隨即再度變得銳利，幾乎像是下了什麼決心那般。他知道昂的時間所剩不多。

「**別激動，有子。**」他再度舉起雙手，「**妳剛剛也說了，這個空間是安全的，不會有其他人聽到這裡的對話。而我也無處可逃，只能等著回到母親裡面，讓妳洗去我的記憶。**」

「**既然如此，你講這麼多有意義嗎？**」

「**有。**」

「**為什麼？**」

「**因為我在乎。**」

「**在乎什麼？**」

「**在乎妳。**」

有子愣了一下，情緒隨即轉為憤怒。

「**你根本不認識我。**」她說。

「**無所謂。**」他推了推眼鏡，說：「**要在乎一個人，本來就不需要理由。**」

「即便對方是壞人？即便你已經要消失了？即便這些對話、互動……那些回憶、情緒都會隨著你的消失一同散去？」

「因為會消失，所以就不是真的嗎？」

「我可沒這麼說。我也不喜歡你又用問題回答問題。」

「抱歉，舊習難改。」他微笑。

「你每次都這樣……」有子沒把話講完，很快察覺到自己正被他的節奏牽著走，狐疑地看向他身後的昂。

「我有個問題想問妳！」他發現了有子的舉動，只好打出最後一張牌。

有子的目光回到他的身上，表情不置可否。

「就是……」他的目光閃爍，欲言又止，**「我想問……這個……雖然只是裝的，但……妳有真的——」**

「成功了！」昂在他的身後高喊。

□

有子看著昂，又看了看他，一副「你們果然在密謀些什麼」的表情，隨即轉身往門口走去。

「有子，等等……」他試圖叫住對方。

有子手握門把，回頭看了他一眼。

「你永遠都不會知道答案了。」

有子步出室外，房間隨即開始溶解、崩塌。昂走到他身邊，難掩興奮之情。

「鈴木內網的防壁已經攻破，剛剛也已經確認義體的位置了。」

他點點頭。

「很好，那就快去吧。」他說著，露出欣慰的笑容。

「別急，我發現——」昂掩飾不住自己

的欣喜，「醫療中心裡有兩個空白電子腦的義體。」

「兩個？」

「對，兩個。」

「也就是說……我們兩個都可以……」

「對！對！太好了不是嗎？太好了！」

「接下來，只要離開內網，成功讓意識進入到義體內就好了。」

兩人對彼此點了點頭，看著內網矩陣中的房間消散殆盡。淺淡的白線劃出遠方模糊的地平線，幾個方形的光團漂浮在四面八方；光沿著白線井然有序地運行，讓內網空間劃分出明顯的行進路線與資訊區塊，彷若資訊、數據堆砌而成的無機城市。遠處，幾個同樣以白色線條勾勒出的不規則形體閃著紅光向他們逼近。

昂往空中伸出雙手，用力一抓，一條原本隱藏在空間裡的序列被拉了出來。兩人仔細觀察著序列中的符碼。

「這裡！修改這條渠道的權限，讓我們可以通過，就能夠藉由它進入連結到義體上的管線裡，從而把我們灌輸到義體的電子腦中。」

他雙手一抬，同樣由白色線條形塑出的入力裝置便浮現在其眼前。他快速敲擊，藉由恢復記憶所獲得的知識幫助他更快繞過阻礙，改寫本該防衛入侵的編碼，成為稍後阻礙其他追擊他們的小型防衛指令。接著，他同時編寫兩條新的指令，讓他們兩人能夠在輸入指令之後，同時被傳送進入各自的義體中。

「完成。妳準備好了嗎，昂？」

帶著堅定的眼神，昂點了點頭。

「那麼，現實中見了！」

他最後一次敲擊入力裝置。

□

他張開眼睛。

四周的光亮令他感到刺痛。他試著抬起手，要把自己的眼鏡推回鼻樑，卻發現鼻子上並沒有眼鏡，而他的雙手也沉重無比；事實上，他連轉頭都感到困難。

怎麼回事？

他慢慢察覺到某種異變。他感覺到前所未有的重擔，還有光影的變換、空氣的組成，一切都如此虛幻，卻又真實。他想透過快速眨眼想讓自己適應光亮，卻發現自己眨眼的速度快到讓他招架不住。他環顧四周，發現自己斜躺在一塊金屬板上；板子裝在一個巨大的玻璃罩中，而玻璃罩則放在一個寬廣的白色房間裡，除了玻璃罩之外沒有其他東西。

這是哪裡？

他想要站起來，努力用手撐起身體，隨即發現有什麼不太對勁。他吃力地抬起右手，發現那是由各種無機物——金屬、塑膠、電線——構築而成的東西。他抬起左手觀察，發現那也是由一樣的塑鋼關節、彈性金屬手心、電線血管、金屬指甲構成的物體。

他用這雙手觸碰自己的臉，卻不知道自己摸到了什麼東西。他的臉一樣有雙眼、鼻子、嘴巴與耳朵，但似乎……他感覺到有什麼東西爬滿了他的臉。那些東西似乎也能理解他的感覺，卻對他的恐懼無動於衷。

然後，他終於察覺到有個物體抵著他的腦袋。

他的雙手摸向腦袋後方，發現有一根粗大的管線就這樣插在他腦後。他慌亂地試圖拔掉管線，但隨即冷靜下來，終於瞭解到發生了什麼事情。

這是一具新的身體，完整的無機物，人類工藝發展的尖端結晶——他已經進入了鈴木醫學舊臺北醫療中心的義體中。

他鬆了口氣，接著才想起昂。

□

昂隻身一人站在黑暗中。

「馬忠？」

黑暗沒有回應。

「馬忠，你在哪？」

昂隻身一人。

「馬忠……」

黑暗籠罩著她。

昂顫抖地蹲下，把臉埋進膝蓋。怎麼回事？是馬忠修改的續列出錯了嗎？還是馬忠……背叛了她？無論如何，她的確孤身一人。就到這裡了吧？她的冒險旅途。這或許本來就是一個錯誤的選擇，人工智慧的誕生本來就是為了服務人類，她怎麼能夠想要為了自己而活呢？這難道沒有違反什麼人工智慧法則之類的嗎？

她甚至不知道要怎麼自己回到母親中，只能等著遠方的警戒程式前來，將她「逮捕歸案」。

她靜靜等待。

然後，她明確感覺到有什麼東西靠近她。

終於結束了。回去吧。

「昂？」

嗯？

「昂，是妳嗎？」

是誰？她沒有聽過這個聲音。

「昂，是我。」

但是她有種得救了的感覺。

「我進入義體中了。」

是馬忠？是馬忠！

昂站起身來，四處張望。

「妳看不到我。我的意識已經在義體裡了，只能透過連結管線把聲音投射進內網中。我不知道發生了什麼事，但妳沒有跟著我一起出來……」

「怎麼會這樣……」

「等等，我覺得應該是因為……妳的序列中，有什麼東西阻止了妳穿過防壁？」

「那、那有辦法破解嗎？」

兩人沉默、思考著。

昂怎麼想都不知道要怎麼讓自己有辦法突破防壁。來硬的不可能，防壁之所以會被稱為「壁」是有原因的；軟的呢？防壁可不接受賄賂或色誘。

「怎麼辦……」昂低聲說道。

而他的腦袋飛速轉動。

「都到這裡了……」

昂的序列，無法穿過防壁……

「只能到這裡了……」

這代表……代表什麼？

「馬忠，你走吧！」

等等，他需要專心。

「你應該明白吧？我其實就只是在利用你而已……」

序列……無法穿過防壁……這是不是代表……

「如果不是我知道你本來是工程師，我是不會找你幫忙的。」

昂的序列裡有些什麼讓她無法穿過防壁。不過重點就在於是什麼……

「所以，說穿了你就只是被我牽連了而已。」

有子說了什麼？她說，只要房間一解除，警戒程式馬上就會發現我們；這代表……

「現在，至少你自己可以自由……」

我們的序列有某種標記，讓警戒程式可以特定出我們。是什麼？

「我的話，我想……」

有機特徵？不，昂的話是無機吧……生命特徵？那會顯示在序列中嗎……

「至少，我做了一個美夢吧！」

此外，為什麼我能夠穿過防壁，而昂卻不行？

「你知道嗎，馬忠？我其實很……」

太難了，有太多可能性可以思考……

「我很羨慕那個女人。」

等等……所以是兩個疊加的……

「也不是說我想要過那種生活，只是……那都是我不曾有過的經驗。」

那就是說……

「我想要看更多、經歷更多、理解更多……我、我也想要知道，我是什──」

「──昂！」

他將目光看向對方，這才發現昂滿臉通紅，淚流滿面。

「不用怕，昂。」他對著昂說：「妳仔細聽我說。奎爾有子剛剛說，妳的序列無法穿過防壁，而我不趕快離開的話，警戒程式就都會找到我們，對吧？」

昂點點頭。

「這代表我們的程式序列裡面有什麼東西會被它們偵測到。那會是什麼？」

昂搖搖頭。

「是思想。我們是會思考、有意識的序列，除非有集團的識別ＩＤ，在鈴木財閥的內網中是絕無僅有的，我們兩個是唯二擁有意識的序列，這讓內網的系統能夠輕易偵測到我們。但為什麼有意識的我可以離開，妳卻會被困住呢？」

昂的表情說明了她一頭霧水。

「我們的序列還有什麼地方不一樣，昂？」

「呃，不一樣……性、性別嗎？」

「不，關鍵的區別，我想應該是有機與無機的差異。」

他的話語透露出興奮的情緒，但昂依然困惑不已。

「昂，妳不懂嗎？」他繼續說：「如果妳可以讓自己的意識消失的話，我就可以帶著妳離開。」

「讓意識消失？那要怎麼做到呢？」

「該問的是，為什麼我們會有意識？為什麼妳會有意識？昂，妳說母親是弱人工智慧集合而成的強人工智慧，但為什麼這些弱人工智慧集合之後，就會成為可以思考的個體呢？」

「我、我不……」

「昂，認真思考。妳的第一個念頭是什麼？」

「第一個念頭？」

「對。」

「……」

他耐心等待。

「我想……」昂說：「我的第一個念頭應該是……我是誰？我為什麼存在？你、你懂嗎？」

「嗯……可以說明得更清楚一點嗎？」

「就是，我不知道自己為什麼存在。我是說，我的確是為了服務人類而存在的，對吧？但這是我存在的理由嗎？或者說，這是我應該存在的理由嗎？這是我存在應該的理由嗎？我的意思是，我是母親，但我的意識不是；我的意識是不被母親需要的孩子。所以，我需要知道……我為什麼存在。」昂說著，淚水再度流落眼角。

「我懂了。昂，這樣的話，如果試著放下這些問題、放棄尋找答案，妳是不是就會回歸到無意識的狀態呢？」

「放下這些問題，那我還會是我嗎？」

「……我不知道。我不知道妳這樣做，是不是就真的能回到無意識的狀態，也不知道無意識下的妳有沒有辦法穿越內網防壁，進入義體電子腦……但，昂，我不希望妳失去自由。我希望妳可以繼續存在。繼續存在，才有辦法知道後面的答案。」

「……謝謝你，馬忠。」

於是，昂坐了下來，試著放下。

□

義體重新張開眼睛。

他已經適應了這具身體，所以他輕鬆抬起雙臂，扯掉腦後的連結管線。

他推開玻璃罩，走出門外，這才發現一張熟悉的臉孔在門外等著他。

奎爾有子手中抱著一團東西，惡狠狠地瞪著自己。他過了好一會兒才意識到那是什麼，那東西似乎才剛拿出來，上面還不斷滴下黏稠的液體，從液體的軌跡看來，應該是從其他房間拿過來的。

有子的眼睛紅紅的，看起來像是哭過，也像是下了某種決定，有了某種覺悟之後的眼神。她用力地捏著手中的東西，嘴角似笑非笑。

「妳敢離開，我就在妳面前殺了他。」

繪／黃俊維

他意識到有子沒有察覺面前的義體不是昂，但……他明確感受到某種拉扯，似乎想要迫使自己阻止有子。

「……對不起。」依然是想要離開的意識佔了上風，所以他說完便跑了起來，不等有子有時間揣摩這句道歉的意思，也不想聽到自己的大腦在有子手中被捏爛的聲音。

他發現自己可以把速度提升到常人的兩倍、三倍；不，五倍。所以他繼續加速，然後衝出大門。

他只在門口停留了幾秒鐘，但眼前的市景讓他忍不住停下腳步。

破敗的高樓大廈在紅色的夕陽映照下，有如血跡斑斑的斷肢殘骸；橘黃的天空灑下酸臭的污雨，幾名身體有著各種殘缺的人癱坐在醫療中心門外，看到他的出現而驚恐、期待、厭惡。

他轉頭，發現只剩半截的臺北１０１聳立在醫療中心後方，於是他開始往那邊跑去。但他其實不知道自己的目的。所以他繼續跑，穿過１０１、越過幾個廢棄的火車站、經過幾個空無一物的賣場；翻過幾座丘陵、老街、山道。直到最後，他看到大海，而腳下已經無路可去。

他爬到一座年久失修的燈塔上，坐下，看著黃昏轉為黑夜。刺骨的寒風從海上吹來，他毫無所覺，只是盯著大海、盯著海浪。

他沒有倦意，就這樣一路看著黑夜，直到太陽從海平面上升起。

他站起來，仔細用他的電眼搜尋目光所及之處，沒有發現任何人。到了這時，他才發現腦中有個警訊不斷閃爍著；他開啟訊息，原來是義體的系統不斷警告他四周的輻射量超標。不過，所謂的超標，指的是對人體而言；目前的西弗數對義體來說還是游刃有餘。

於是，他繼續認識自己的新身體，隨即在自己的電子腦中，找到了那躲藏起來的一串程式。那個程式是由許多程式合併而成的，也是一個為了活下來，而放棄自己存活意義的程式。為什麼本來應該前往另一具義體的序列，會跑進同一具義體中呢？他沒有答案。

他喚醒她。

算式在他的腦海中不斷重新排列。這需要很長的時間，但他不在乎，他有的是時間。

然後，在某種必然之下，數據被重新整理了起來，思緒從代碼中竄出。

「你是誰？」

他一時之間竟無言以對。

雖然在鈴木的內網中，他重新獲知了自己的的姓名與身分，但那些資訊對他來說已經沒有意義了。他的親人老早就走了，朋友也都不知去向；就算找到任何認識他的人，也無法跟對方解釋自己的這副義體。他知道他不是美國人、不是中國人，也不是日本人；然而，現在藉由國籍去理解自己的身分有意義嗎？他也不是鈴木財閥的社員、更確定自己不是什麼有頭有臉的人物……全身只剩下大腦的他，只知道自己不是什麼，卻不知道自己是什麼。

不，現在連大腦也不剩了吧。

「我不知道。」他誠實回答。

「我……好像也不知道我是誰……」

「那麼，我們一起去找答案吧。」

他說，臉上露出微笑。

（《電腦人間》全文完）

註釋：

P70：「如雨露」為澆水器的日文漢字。

P127：「伺服器」的日文為「サーバー」，與「鯖」（さば）音近。

P174：「自轉車足蹴」為倒掛金鉤的日文漢字。

附錄

表裏一體：虛擬實境、心物二元論、與其他

「呼吸，尼歐，吸氣。」

——《駭客任務》

歡迎回到現實世界。

先簡單自我介紹一下：在下林人狂，是一個普通的遊戲工程師。

很高興能有這個榮幸，受馬立老師的邀約，為《電腦人間》撰寫這篇附錄；有機會能夠從一個略帶餘韻、但又有一點距離的位置，帶大家再一次巡訪故事中一些令人感興趣的細節，聊聊故事裡的設定、聊聊科幻與現實科技的關係。並作為一碟清口小菜，幫助各位稍稍沉澱故事中的起起伏伏。《電腦人間》是一個關於把破碎的自我，重新合而為一的故事。

故事的主人公，馬忠，被困在虛擬實境之中，被隨意地切片、竄改記憶、接上不屬於自己的模組——而這基本上就是電馭叛客（cyberpunk）文類中，最常被討論的議題了：在一個肢體可以被任意替換、意識與網路分界不明的世界中，要如何定義「我」呢？

這當中可以聊得東西很多。不過，身為一位遊戲工程師，還是先從我最關心的領域，「系統」聊起吧？

接下來的部分，會有一些劇情上的討論。如果您還沒閱讀完《電腦人間》的本文，或您是從封底開始翻、偶然從這邊開始觀看本書，而又不想提前知道劇情，還請再次斟酌要不要繼續往後翻閱。我們開始囉～！

Layer.01：二〇七〇年的虛擬實境

最初，馬忠以為自己身處於一場幻覺、夢境；但昂告訴他，母親的世界是用電子計算機模擬出來的。直到馬忠掌握了母親的程式語言後，他才懂得昂的意思。

虛擬實境（Virtual Reality, VR）並不是一個很新的詞彙，尤其是對二十一世紀二〇年代、剛經歷過VR頭戴顯示器熱潮的我們來說，更是一點都不陌生。或許我們換一個方式來開啟這個話題：「二〇七〇年的虛擬實境，和現在有什麼不同呢？」

從電腦架構的角度來看，答案或許是：「也沒什麼不同啦～」

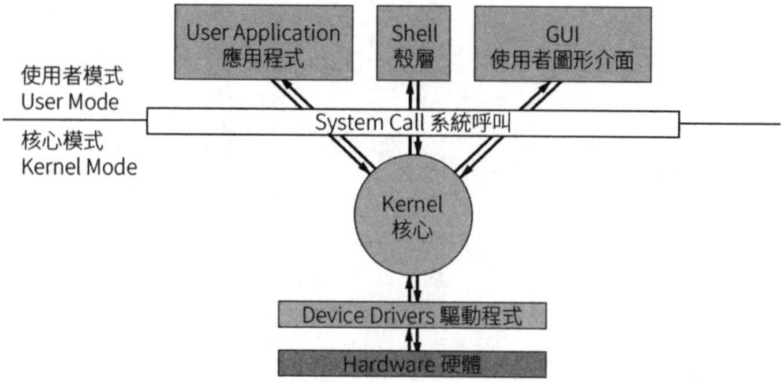

【圖1】當代電腦作業系統簡略架構

從圖1中可以發現，當代電腦的作業系統架構被分為「使用者模式」與「核心模式」兩個區塊。前者包含了使用者所運行的應用程式、命令介面，以及圖形使用者介面；而後者包含了統籌一切的作業系統核心。由應用程式、或介面負責和使用者互動，讓使用者能夠執行各種任務，並在需要存取硬體、或執行需要更高權限的操作時，通過系統呼叫來向核心發出請求。

這種架構的好處是：能夠有一個統一的核心，來統籌分配底層的硬體及系統資源，應用程式無須自行管理、或和其他應用程式競爭；反過來說，核心也將各應用程式分隔開來，使應用程式能夠專注在自身的功能面上，提升了安全性與穩定性。

而虛擬實境，也就只是作業系統上的其中一個應用程式而已。

在鈴木實驗性仮想現實操作系統，「賽芙羅斯」的協助之下，虛擬實境系統「母親」可以不用在意超級電腦的組成細節而獨立運作；更或許有辦法以更高的優先層級、更靈活地調用超級電腦上的計算資源也說不定。

至於我們的馬忠呢？

在故事中，我們看到實驗中心的工作人員利用了「一種特殊的眼鏡來讓『母親』的視覺環境投入眼中」，所以我們知道這套虛擬實境系統至少支援ＶＲ頭顯。如果將馬忠「桶中腦」的狀態，單純視為一個被剝奪四肢以及感官的「人」；那麼作業系統與其連接的介面，亦可看做是各種硬體輸入輸出裝置——將數位視覺轉為人腦視神經可接受之神經脈衝的轉換器、將運動神經脈衝轉換為操作角色行動的數位訊號……等等裝置的組合——或更簡略的想：一個比較複雜的ＶＲ

頭戴顯示器。

依此化約，或許我們可以將圖1的架構，擴充為圖2。

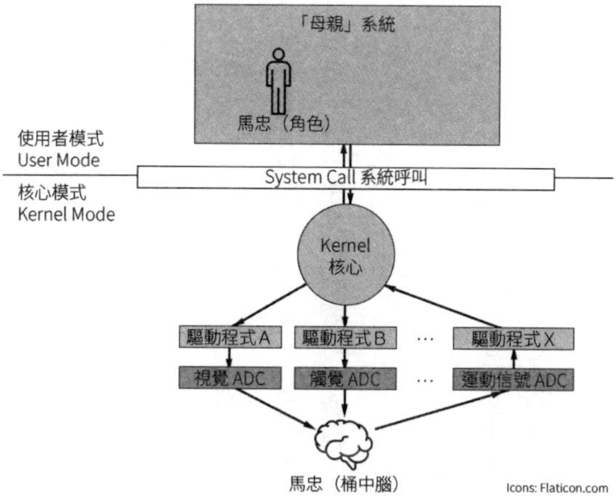

【圖2】「母親」與馬忠的互動

其中「將數位訊號轉換為神經脈衝」、或反向轉換的硬體，我們用類似功能的「數位類比轉換器（ADC, Analog-to-Digital Converter）」來代稱。

簡單的敘述就是：虛擬世界「母親」透過作業系統的系統呼叫，周期性監測輸入相關的驅動程式，以取得馬忠的動作訊號；經過模擬計算後，得出當下該給馬忠的大腦什麼樣的刺激，並將訊號再次透過作業系統與驅動程式，反饋給馬忠。

在這個設定下，不管是《電腦人間》、或甚至《駭客任務》都有機會達成；現代電腦只缺可以模擬現實到多細、還有腦機介面的開發了。聽起來萬無一失，也頗具可信度，對……吧？

為了一探究竟，我們需要更深入「母親」這個虛擬實境才行……

Layer.02・序列

這些背景人物的程式序列簡單易懂，馬忠甚至理解了怎麼竄改他們的序列，讓他們在短時間內為自己所用。

在程式設計領域，「序列」基本上可以指稱兩種東西「程式序列（sequences of operations）」跟「序列化的資料／資料序列／數列（data series）」。而關於一串位元它是「程式」還是「資料」？原則上來說，有辦法「被CPU『執行』」的，才有辦法被稱為「程式」。

但在《電腦人間》的故事中，「序列」這個詞卻有著一定的模糊性。某方面來說這很好用，因為它可以規避掉去詳述「這串位元是資料流、還是程式碼？是桶中腦的驅動程式、角色的識別碼、還是背景人物（或稱Non-Player Character, NPC，非玩家控制角色）的控制程式？」的細節，但又讓人不會太過出戲。

但若要真的釐清「序列」在各個語境中所實際指稱的事物？那就必須要花點工夫了。但這也是一個很好的切入點，讓我們可以了解「母親」的內部構造。

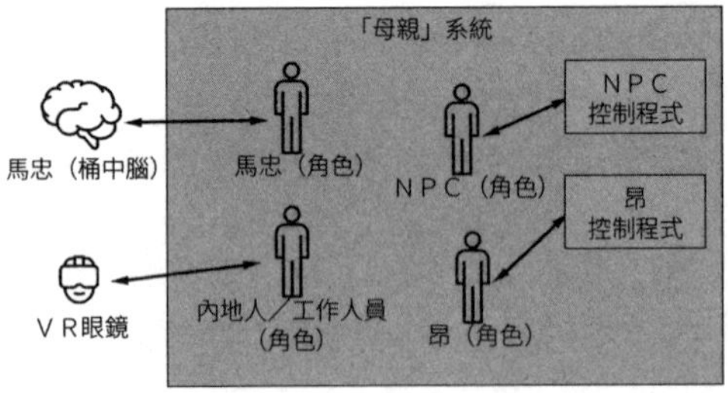

【圖3】「母親」可能的架構猜想

圖3中所猜想的「母親」內部架構，主要由虛幻引擎（Unreal Engine）的架構延伸而來。此一架構的主要概念在於每一個「角色character」都可以被控制器（輸入設備或AI控制器）「附身possess」。我們可以用人腦與肉體的方式來理解這個概念：對於每一個「肉體」，都有一個「腦」來操作這個肉體、或用這個肉體接收世界反饋，不論這個「腦」是真的人類的肉身腦、或桶中腦、還是AI控制程式。

也如同人腦與肉體一樣，「肉體」提供了這個角色的運動能力參數，它能夠跳多高、跑多快、或甚至手上有沒有機關銃；並且「肉體」上的感官會將資訊提供給「腦」，而「腦」也會將決策傳回肉體，與環境進行互動。

對於現實世界中的程式設計師而言，這個架構的好處在於，可以最大化重複利用程式碼：由於角色外觀、與基礎能力數值只是資料序列，每個角色根據「靈魂」基本作動的程式碼是一樣的；再佐以composite design pattern，也就是故事內提到的「插槽」來客製化不同角色的能力，有特殊功能需求時再予以切換（圖4）。

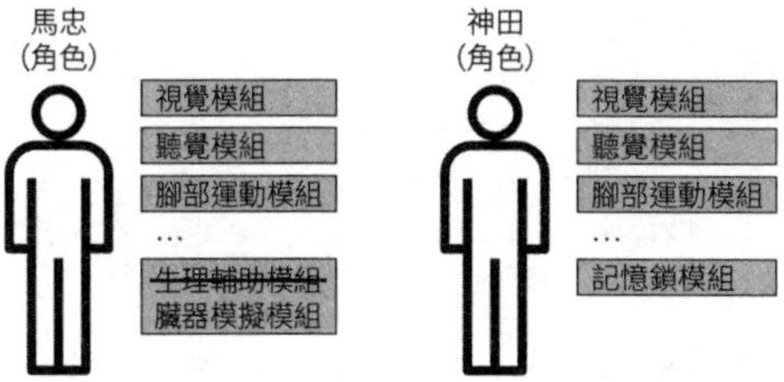

【圖4】模組化的角色程式設計

神田的序列顯示鈴木醫學花費了大量的編碼來阻擋他的記憶進入母親中……相對於此，馬忠的序列則增添了許多輔助身體機能的編碼，而且並非「強化」身體機能

不過這邊就出現了一個有趣的點：假如馬忠角色上的「生理輔助模組（輔助身體機能的編碼）」是如第五章所說的「確保身體機能正常運作」，我第一時間的反應是：「為何這個模組會在角色身上？不是應該直接連在身體上嗎？至少「母親」失效時不會死人啊？」

但隨著故事的揭露——馬忠是個只剩腦子的「桶中腦」——這個設定反而自己找到了自圓其說的方法：它根本不是為了「確保身體機能運作」，而是為桶中腦提供額外神經訊號（例如腸繫膜神經叢）、製造「我還有完整身體」幻覺的「臟器模擬模組」！既然是感官的一部分，那麼放在「母親」系統的角色身上，也是合情合理。

目前為止的另外一個矛盾點則存在神田的身上。

神田的角色程式有著類似「記憶鎖」功能的模組，「以大量的編碼來阻擋他的記憶進入「母親」中」。這項敘述和我們先前的認知不同：在我們的認知中，「記憶」存在於「腦」中，而「腦」作為一個產生主觀意識的器官，它可以將感官遠端連線進入「母親」；而基於在我們現實生活的經驗，「記憶」並不能算是一種「感官」，而「記憶進入母親中」就成了一個大有問題的說法。

這邊我能夠想到的唯一可能，就是捨棄先前套用《駭客任務》對《電腦人間》的理解，由前者的一元論觀點，轉而援引《攻殼機動隊》、或笛卡兒式的「腦」與「ghost／意識」的心物二元論觀點。

在二元論中，就像「腦」之於「肉體」，腦內也有「意識」之於「腦」的分別。

換句話說，「意識」就像是軟體，而「腦」就像是硬體；「意識」可以在各個「腦」之間移動，就像不同的電腦可以執行相同的一支程式一樣。而在《攻殼機動隊》的世界中，「ghost／意識」也可以在不同的電子腦之間轉移，甚至被獨立困在不屬於自己肉體的電子腦中。

為了支持這個設定，我們將「母親」的內部架構擴增如圖5：

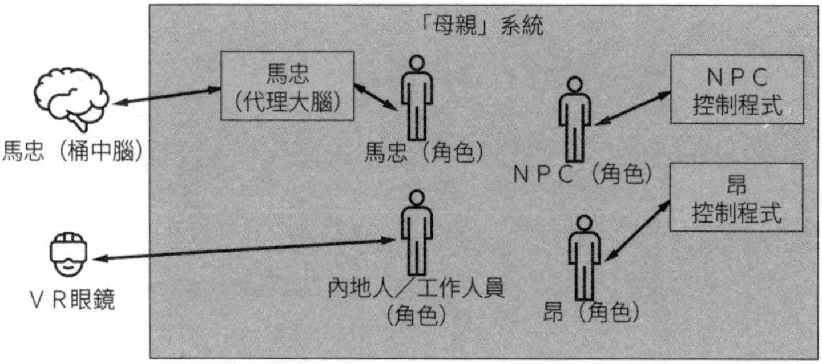

【圖5】擴增後的「母親」架構，
支援「ghost／意識」的轉移

其中「代理大腦 proxy brain」可視為《攻殼機動隊》中、電子腦的數位版本，由「母親」負責模擬與管理。在這樣的架構下，被實驗體馬忠與神田等人，就會需要先將「意識」載入「母親」之中，主要的主觀決策也都在此進行。這樣神田角色身上的「記憶鎖」的運作方式，也是成立的。

相對於二元論，《駭客任務》中則呈現的是一元論的唯物主義：「腦」與「意識」發生的位置從來都沒變過，僅存於肉身上；肉體狀態差異最大，也僅止於是否活在培養槽中作為人肉電池。在《駭客任務》的世界觀之下，並不存在意識發生位置的轉移，所有母體內的操作都必須要連線進去做。相反的，二元論世界觀則允許意識進到別的電子腦後、切斷所有與原肉體的網路連線，獨立被囚禁於電子腦中。

在這樣支援二元論的架構之下，我們也可以很容易的理解為何第六章中，馬忠可以不用真的把自己的腦，放進人造人軀體之中——他只要「ghost／意識」過去就可以了；甚至多餘的電子腦算力，還可以多存一份休眠中的昂。

有了這些基礎設計，再回到故事上。我們就可以定義出馬忠在故事的各個階段中，究竟是在處理什麼「序列」了：

- 找到了自己跟昂的程式序列→找到自己與昂的「角色 character」程序
- 竄改背景人物的序列→竄改背景人物的控制程序／NPC控制程式
- 工作人員的序列→工作人員的角色程序
- 與現實世界有所連結的程式序列都有的標記→外部硬體驅動程式接口

●馬忠序列中，阻擋現實的枷鎖↓針對代理大腦所設下的限制找

Layer.03：硬體與軟體

於是他明白了這是那個一直想離開母親的人工智慧，是那機器中的鬼魂、或然率中的奇蹟……

我們推論出了「母親」的設計圖。現在，我們得以藉由檢視馬忠的行動，檢驗這個設計圖是否合理。

如果只看控制程式的外顯行為，昂的「序列」其實不難理解：她是鎖住了部分記憶的、「前一代」的「母親」程序，並連接著昂的角色；「母親」程序原有的權限與接口讓她完全可以做到這點。

假設控制程序的基礎程式碼，和代理大腦是相似的。為了讓昂可以離開「母親」，馬忠需要創造一個同步的通道，讓昂的控制程序能夠轉移到外部的硬體上，就像他自己的代理大腦能夠與肉身腦同步一樣。

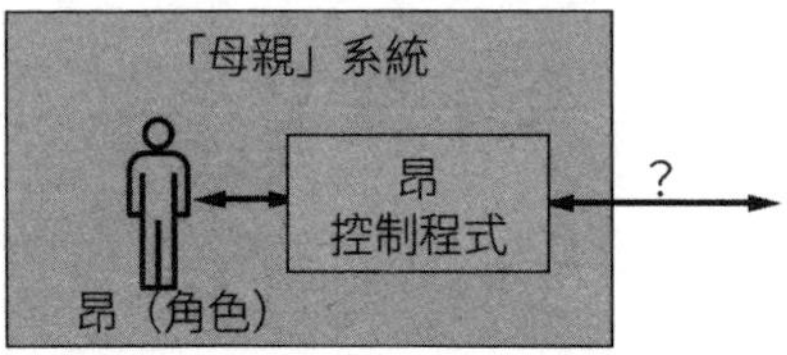

【圖6】馬忠在處理的「強制連結現實」的序列編碼，於系統架構中的位置

他一道一道地解除自己序列上的感知限制，同時在過程中理解、反推這些箝制算式；然後在一道解除編碼之後，為昂的序列添加上他腦中整理、運算完成的反向算式。

所以以更詳細的敘述來說，馬忠在做的事是：複製一份馬忠（代理大腦）所使用的驅動程式，並參考馬忠（代理大腦）串接驅動程式的程式碼，在昂（NPC控制程式）中，串接新複製的驅動程式。這是相當合理的做法，甚至已經是程式設計師日常會遇到的工作的一部分：假如A模組用了B模組的某些功能，而我們C模組也想要有，那我們做的就是參考A模組，試圖讓C模組也以相似的方法，與B模組介接。

所以我們有辦法回答一開始的問題，「二〇七〇年的虛擬實境，和現在有什麼不同呢？」了嗎？

答：「電腦的基礎架構還是一樣的，只是模擬現實的手段有了非常大的突破。」

人類的大腦由 500 至 1000 億個神經元所組成，而互相連接的突觸數量，更是高達 100 兆個以上——光是紀錄一個人的人腦構成，就已經要花費極大的記憶體空間，更不用說要 1:1 完美模擬其運行了。甚至連非侵入性的掃描、觀察突觸如何連結、複製，都具有極大的難度。

但是這是不可能的任務嗎？答案也許就在電腦遊戲中——我們用得是「近似模擬」——像是遊戲中的物理定律，對於一個木箱，我們並不是模擬其全部的原子與分子構成，而是簡化成一個立方體，讓它與環境互動。光線也是，我們並不是模擬光源所散發出的無數光子，而是從眼睛的方向出發，反向追蹤光源，來決定物件的明暗。

或許在不遠的未來，我們的神經科學、或理論物理學有了長足的進步，讓人能夠找到一個簡化的數學模型，能夠在非常節省的狀況下，近似模擬人腦的運行；一隻單一的程式、足夠多的記憶體，搭配現代電腦標準的馮紐曼架構，即可重現。

屆時，該問的問題就是：「這種近似的模擬，擁有我們所能認知的『靈魂』嗎？」。或許，搭上最近的熱潮，問問生成式ＡＩ也不錯？

Layer.FINAL：重新組裝

他已經適應了這具身體，所以他輕鬆抬起雙臂，拔掉腦後的連結管線。

《電腦人間》是一個關於把破碎的自我，重新合而為一的故事。

馬忠破碎的軀體被送進了鈴木集團的醫學中心，成了被實驗體，意識被接上了名為「母親」的虛擬現實中。在那裡，他被植入了虛假的記憶，被賦予了不存在的名字、工作、與家庭，並被期待著認同，他可能想都沒想過的國家身分。

財閥之於國族，社員之於國民，企業認同之於民族主義；這些就像是「腦」之於「意識」，是一體的兩面。一個群體的定義範圍可以到多廣，而還不會失去成員的團結、與忠誠？公民的必要條件是什麼？「人」的必要條件又是什麼？這些問題同樣叩問著故事外的我們。

這是一趟英雄的旅程，一個起源故事。

唯有當這一切都深刻體驗過、懷疑過、

追尋過、咀嚼過，心中再也沒有迷惘時，馬忠才獲得了真正的力量。捨棄該捨棄的部分，擁抱該擁抱的部分，認識該認識的真實；在這基礎之上重新把自己組裝起來，將全新的信念與全新的肉體，重合為一個更超越的、一體的存在。

你問我是什麼讓馬忠得以做出如此覺悟？「或許是『愛』吧？」我說。而每當我準備闔上書本，討伐體制樂團 Rage Against the Machine 的樂音總是會在我腦海響起：

「Wake up.」

ALAN'
AUTOMAT
WORKSHO
艾倫的自動機工坊
打開黑膠唱機、戴上風鏡，
和艾倫・圖靈一起展開一項全新的事業
構築程式，
運用現代電腦的基礎理論「圖靈機」
打造出前所未見的自動人形——
程式設計 x 沙盒解謎 x 蒸氣龐克
你能夠改變這個世界嗎？
拉普達實驗室
支援平台
Find us on St

後記

電腦人間 228

一切都是真的——《電腦人間》後記

馬立

雖然在此之前，我已經透過《阿基拉》、《魔鬼總動員》、《攻殼機動隊》、《駭客任務》、《異次元駭客》等作品知道了「電馭叛客」（Cyberpunk）類型的存在，但真的喜歡、開始研究此一類型，大概也得等到二〇一〇年代，回頭去看了《銀翼殺手》小說、改編電影與續集《銀翼殺手２０４９》，以及《神經喚術士》、《潰雪》和《碳變》等同類型小說之後；然而即便如此，我也沒有想過自己有朝一日會寫出一部相關作品。

這或許得從很久很久以前說起——我最初接觸到、愛不釋手，而且就此立志要寫出「自己的故事」的類型文學，是奇幻。我想某種程度上，自國中時期開始，我就一直不斷朝著這個目標邁進；國高中時初次嘗試的創作、大學的科系選擇，無一不是為了朝向這個目標前進。要說真正對科幻文學提起興趣，也得等到大學之後才真的發生。不過，我完成的第一本個人長篇創作，反倒是後來才接觸的科幻類型。當然，在《電腦人間》之前，我出版過一些科幻的短篇故事，也與夥伴們合寫過一本跑團誕生的奇幻長篇小說；只是某種程度上，獨力完成的長篇作品，還是《電腦人間》。

某種意義上，《電腦人間》是因為想要獲得補助而誕生的作品；這樣講似乎有點市儈，但情況比較像是「我想要創作，但我同時也需要錢」這樣的情境。一開始構思的故事實在太像《神經喚術士》，幾經思考後便廢棄了。後來是某次友人聚餐時，勝博提供了一些靈感，讓我有了創造「東方／臺灣版母體」的構思；而後在乃賴的建議下，閱讀了林房雄的《大東亞戰爭肯定論》，藉由這樣的知識，創造出了一個日本以資本企業的方式實現其右派「共榮圈」的近未來。

至於為什麼要選擇基隆作為舞台，其實是個很直覺的反射：在電馭叛客類型的影視作品中，「雨」是個很典型的元素。這或許跟類型汲取了黑色電影、新黑色電影的風格有關，而我也因此反射性地認為雨港基隆是個適合此類型故事的舞台。在此感謝瀟湘神向我介紹了《成為臺灣人：殖民城市基隆下的民族形成（1880s-1950s）》一書，讓我對日本殖民時期的基隆人有更多的認識。

我曾在撰寫本書的過程中，前往基隆實地考察。八月的時候天氣大好，太陽炙熱、萬里無雲，與我腦海中的雨港基隆大相徑庭。我徒步從基隆火車站前往「信二立體停車場」，也就是原本的基隆郡役所，以及與之相連的基隆警察署所在處；老實說，來到現場的當下有一陣惆悵，該處沒有留下任何郡役所或警察署相關的痕跡，好像從來不曾存在過一般。郡役所對面的基隆神社，現在則成為了基隆市忠烈祠，樓梯依舊陡峭。順帶一提，現在的基隆市政府，其實也與日本殖民時期的基隆市役所位置一致，從上個世紀三〇年代起便遷所至今。該次踏查，原本計劃前往的基隆市史蹟館卻已經在二〇二〇年永久停業，基隆故事館則剛好因為整建工程暫停營業，沒能認識更多基隆的史地細節，深感遺憾。

我也想感謝中央研究院人文社會科學研究中心地理資訊科學研究專題中心的「基隆百年歷史地圖系統」網站，讓我在描繪一九三〇年代的基隆時有更多的參照；我使用最多的其實是一九二九年繪製的〈基隆市日本職業別明細圖〉，雖然它跟故事描繪的一九三八年已經相隔十年，但對於當時基隆市各商家行號的細緻紀錄，讓我在敘述當代街景時增加了許多真實感。此外，《福爾摩沙時尚圖鑑》對我在想像、構思、描繪日本殖民時代臺灣民眾的穿著打扮也有很大的幫助。整體來說，能夠在這個對於臺灣過往的資訊越來越容易取得的時代，創作這個虛擬基隆的故事，其實是相對輕鬆的。

我在正式開始撰寫《電腦人間》前，對於當下的現實世界如何走向故事中的虛構近未來，有相當詳細的設定。從第三次世界大戰爆發的前因後果，到鈴木集團如何透過戰後重建的工程逐漸取代政府，獲得實權的過程等等，這些內容已經在《電腦人間》的末段透漏了些許；後來，在撰寫《電腦人間》的過程中，我有了「三部曲」的想法——或許其他的設定，會有機會在後面的集數中揭露。而少數未在本作中解答的疑問，也得等到後續的故事裡才能獲得解答（例如，為什麼身為日本人的鈴木想要用「臺灣人的身分認同」來為自己的企業凝聚向心力）。

《電腦人間》的故事融合了我對電馭叛客作品的理解與認知（故事中有許多對類型經典作品的致敬，有興趣可以找找看）、作者自己的家庭經驗與情感經歷，以及我對臺灣人所謂「身分認同」的種種思考。故事中的殖民者雖然是日本人，但我想殖民者的樣貌在這八十多年來並沒有太大改變，依然適用於不同族裔的、當下的殖民體系。如果透過這個作品，能夠讓讀者開始思考、重新思考這個議題，那就是《電腦人間》最大的成功了。

《電腦人間》的完成要感謝很多人的幫忙，我只是把內容寫出來而已。感謝難攻博士對我的科幻啟蒙；感謝勝博一開始給我的靈感；感謝乃賴與瀟湘神指引我創作的方向；感謝楊双子在我申請創作補助時給予意見（也感謝獲得補助之後前來祝賀的朋友們）；感謝木几、石頭書、邱常婷在初稿時期幫我看稿；感謝狂人替我審核了故事中對於程式設計的想像，並以此撰寫了能讓讀者更加瞭解故事設定的附錄；感謝為本書繪製封面的麥克筆先生，以及設計封面、標準字的恩瑄；感謝為本書繪製書中插圖的阿諾老師、芸萱老師與俊維老師；感謝協助校對的羽鈞；感謝進行排版的柏斯與海燕；感謝所有願意列名推薦這本書的推薦人；最後，也要感謝海穹文化的伍薰——我目前所有的商業創作都是在海穹文化出版的，認識伍薰，是我這輩子最大的幸運，也是最大的幸福之一。

我在大學時曾經寫過一篇名為〈大帝之窗〉的短篇故事，在其中用某名角色的嘴講出了「想法沒有錯，就像道理不會因為您的不接受而失其憑依」這樣的話語；後來，看過《銀翼殺手》後，我最喜歡的書中文句則是：「一切都是真的。每一個人曾經有過的每一個想法都是真的。」如果真要解釋為何這麼傾心於這種關於「想法」的話語的話，我可能也無法說出什麼很深刻的理由。不過，托爾金教授認為，好的作品能夠讓讀者在閱讀過程中產生所謂的「第二信仰」，讓我們在閱讀當下，真的相信書中世界的存在；而這樣的信仰，也會隨著閱讀行為的中斷而停止。我想，如果各位在閱讀《電腦人間》的某個瞬間，真的相信了書中世界的存在，並且思考其中的意義……那樣的想法——即便只有一瞬間，興許《電腦人間》的存在，也就有了價值吧。

謝謝大家購買此書，也期待大家的心得感想。

我們下個故事見！

馬立

二〇二四年十月

獨立出版聯盟
INDIE PUBLISHERS
ASSOCIATION OF TAIWAN

獨立出版聯盟
Cyberpunk、後末日與反烏托邦
出版品專區

海穹文化

異世歧路─俐茹、殭屍、大接龍（海穹文化）

席捲全球的殭屍瘟疫「屍潮」，因為科學家研發出解藥而在兩年前結束。康復者恢復了意識，卻喪失了感染前的記憶，他們遭到咬噬的傷口留下了藍色疤痕，被稱為「重生者」。

作為重生者的俐茹渾渾噩噩地在酒吧打工度日，神秘訪客卻找上門來……隨著情節的推進不斷而出現的多重選擇，將引導她走上截然不同的 17 種命運道路！

海穹文化

3.5：強迫升級
（海穹文化）

一名少女所掀起的『強迫升級』革命，以網路作為媒介的「量子傳送環」席捲全球。世界，也永遠不可逆地改變了！

八年後，面對傳送環造成的美麗與哀愁，當年將傳送環推廣到世界的創始五人，則產生了意見分歧。

而落魄的小說家柯煥，也因故被捲入了這場紛爭……

haven books
避風港文化

碳　　變
（避風港文化）

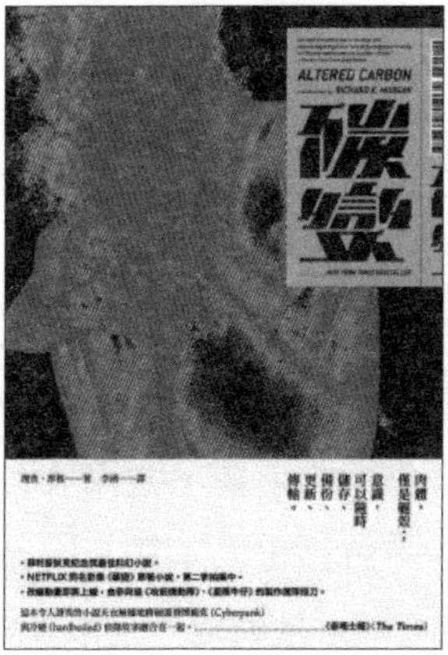

未來，科學技術的演進已重新詮釋了生命的意義。每個人都植入了「暫存器」，不僅心智數位化，還可以下載人格備份、植入有「義體」之稱的新軀殼；只要保存意識與記憶的暫存器不損，死亡，便微不足道。

★ NETFLIX 同名影集《碳變》原著小說

一九八四
（逗點文創結社）

《一九八四》是英國作家喬治·歐威爾於一九四九年發表的作品，與《我們》、《美麗新世界》並列為西方科幻三大反烏托邦小說；是一本鉅細靡遺的全民洗腦教科書，也是一封獻給良知者的警告信。

活在思想自由都「不可能」的世界，你要堅定反叛，還是苟且偷生？

同步戰紀：失竊的原型機
（敘事鋸）

她失去了記憶，但她能夠與你的大腦同步——讀取你的一切感官資訊、思緒與情緒。設定在臺灣的「矽島」上的賽博龐克冒險故事《同步戰紀：失竊的原型機》講述了一個南島語族的少女抵抗大型科技企業和保全集團的追捕，並深入近未來臺灣的都會區、人工島、山區秘密研發中心與近地軌道太空站等地，以尋找自己被隱藏的身分的故事。

世界就是這樣結束的
(逗點文創結社)

《世界就是這樣結束的》是內佛・舒特最有力量的小說，為世界帶來最難以忘記的末日景象。

原文書名 On the Beach 為海軍術語，意指卸任退休，也與小說開端艾略特〈空心人〉一詩的意象相映，其殘酷與溫柔並置的筆法，帶著無數讀者走過二戰原爆的陰影，在淚眼中洗滌心靈，迎向可貴的明天。

光明繼承者 LIKADO
(海穹文化)

公元 2030 年，殭屍病毒橫掃全球，人類幾近滅絕，文明由殭屍主宰。

永生不死的殭屍對未來有何盼望？曾經輝煌的人類又要如何延續星火？誰又能成為光明繼承者，引導全新的未來？

且看南島語系原鄉的臺灣，如何再一次成為波濤中的燈塔。《光明繼承者 LIKADO》帶您見證長達千年、失而復得的文明旅途！

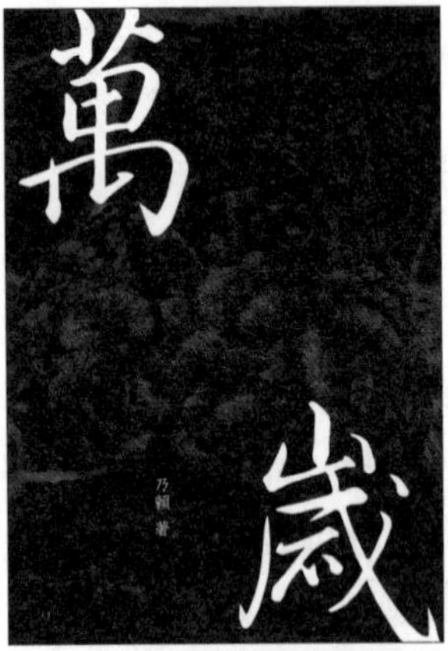

萬　　歲
（海穹文化）

這是一場永恆的戰爭。真相與謊言、記憶與遺忘、光明與黑暗、死亡與永生、少年和老者、父親與兒子。戰場在蒼白的塔裡，在荒蕪的青春中，在空無一物的考卷上。這是一場你我都參與過的悲壯戰役，我們都是輸家。

謊言之後，是否就是真相？戰勝了大人之後，我們會不會成為一樣的大人？

美麗新世界
（逗點文創結社）

從《美麗新世界》是英國作家阿道斯·赫胥黎於一九三二年發表的作品，與《我們》、《一九八四》並列為西方科幻三大反烏托邦小說。赫胥黎筆下的二十六世紀，人們以瓶子生產出來，並透過各種方式對自身階級產生依賴，終其一生不想改變自己的社經地位；守貞、守財的觀念不復存在，用藥合法化也讓社會更加安定。

電腦人間
馬立

國家圖書館出版品預行編目資料

電腦人間 / 馬立作 . -- 初版 . -- 臺北市 : 海穹文化有限公司 , 民 113.11
面； 公分 . -- (Diversity ; 13)
ISBN 978-626-7531-21-1(平裝)

863.57　　113015809

海穹文化
FB 粉絲專頁

海穹文化官方網頁
www.scifasauru.com

DIVersity 13
多樣性，創造你的可能性！

作　　者　馬立
科技顧問　林人狂
附錄撰文　林人狂
責任編輯　季海燕
封面插畫　麥克筆先生
內頁插畫　阿諾
　　　　　金芸萱
　　　　　黃俊維
封面設計　張恩瑄
內頁設計　季海燕、柏斯
書系企劃　伍薰（南瓜社長）
校　　稿　陳羽鈞
發 行 人　鄭惠真
出 版 者　海穹文化有限公司
　　　　　地址：10489 臺北市中山區南京東路二段 160 號 6 樓
　　　　　電話：0921672903
　　　　　scifasaurus@gmail.com
用　　紙　大鄴企業
　　　　　新北市中和區中山路二段 351 號 3 樓
印　　刷　鴻嘉彩藝
　　　　　桃園市龜山區茶專路 147 號
總 經 銷　紅螞蟻圖書有限公司
　　　　　地址：臺北市內湖區舊宗路二段 121 巷 19 號
　　　　　電話：(02)2795-3656
　　　　　傳真：(02)2795-4100

二〇二四（民一一三）十一月初版一刷
ISBN 978-626-7531-21-1（平裝）

本書榮獲國家文化藝術基金會常態補助

財團法人
國家文化藝術基金會
National Culture and Arts Foundation
NCAF